COLLECTION FOLIO

Sylvie Germain

Opéra muet

Gallimard

Sylvie Germain, née en 1954, est docteur en philosophie. *Le Livre des Nuits*, son premier roman, a été salué par une presse unanime et a reçu six prix littéraires : le prix du Lion's Club International, le prix du Livre insolite, le prix Passion, le prix de la Ville du Mans, le prix Hermès et le prix Grévisse.

Son second roman, *Nuit-d'Ambre*, paru en 1987, est la suite du *Livre des Nuits*.

Son troisième roman, *Jours de colère*, a obtenu le prix Femina en 1989.

Elle vient de publier, aux Éditions Gallimard, *L'Enfant Méduse*.

À Roger Grenier.

Un paisible village en été
Abritait un jour l'enfance
De notre race ;
Mourant maintenant sur la colline

Du soir, descendants blancs,
Nous rêvons les terreurs
De notre sang nocturne,
Ombres dans la ville de pierre.

« À Jeanne », Georg Trakl.

Il avait le goût de voir. Il aimait les images, juste les images. Les images furtives, anodines, saisies comme ça, au hasard du visible. Il ne les cherchait pas, il se contentait de ramasser celles qui s'offraient à sa vue. Avec, il ne faisait aucun montage, ne s'inventait nul cinéma – surtout pas, surtout jamais d'histoire. Des collages, tout au plus. Cela lui suffisait. Il était le plus modeste et décent des voyeurs. Il avait l'extrême discrétion des hommes minimes, ceux que le destin à miniaturisés. Et s'il lui arriva de devenir un peu voyant, ce fut par pure inadvertance. Mais l'excès d'attention est parfois fatale étourderie.

À l'ombre du mur

Séquence 1

Il faisait encore nuit lorsque les camions arrivèrent. La lumière des phares, les bruits des moteurs et les éclats de voix des ouvriers arrachèrent brutalement Gabriel au sommeil. Il ouvrit en grand les yeux sous le coup de ce réveil abrupt, mais son regard demeura vide, tout embrumé encore de songe et rose de fatigue. Il écarquillait en vain ses paupières endolories et roulait ses yeux comme deux billes rugueuses. Son regard réaffleura par lents degrés, et sa conscience s'éclaira peu à peu. Il lui fallait toujours un long temps pour s'ébrouer hors des limbes du sommeil et retrouver ses sens. La lumière crue des phares qui traversait les volets striait les murs et le plafond de la chambre de minces rais blanchâtres et tremblotants. Gabriel contempla un moment ces tracés blêmes ; il pensa aux lignes d'une portée musicale. Les voix des ouvriers qui s'interpellaient dans une langue étrangère accrochaient des notes bruyantes, heurtées, à ces lignes vacillantes. Puis ces notes criardes prirent figures — des hirondelles qui se rassemblent en piaillant sur les fils électriques, le long des chemins dans la campagne à l'automne, avant de s'en aller migrer vers le soleil. Mais il était bien loin, le soleil, en ce milieu d'hiver. Et puis ces oiseaux-là qui venaient de s'abattre à grand vacarme dans la rue n'annonçaient rien de bon ; ils n'étaient que les messagers d'une amère nouvelle : le premier jour des travaux était en train de s'ouvrir, on allait commencer l'œuvre de destruction.

Gabriel se leva, s'emmitoufla dans la vieille couverture d'alpaga bleu ardoise qu'il portait toujours en guise de robe de chambre, et vint se poster derrière sa fenêtre. Il était devenu d'une extrême frilosité qui culminait chaque matin au sortir du sommeil. À travers les fentes des volets dont les lattes luisaient de givre, il aperçut un essaim d'ouvriers armés de casques jaunes et d'outils, qui tournoyaient sur le trottoir au pied du vieil établissement de bains turcs planté en face de son appartement.

Ce bâtiment n'était pas beau ; une grosse bâtisse sombre et trapue. Mais Gabriel s'y était attaché. Il le connaissait depuis tant d'années, et surtout il y avait ce mur, ce vaste mur gris, aveugle, qui lui faisait face en un vis-à-vis silencieux et placide. Il y avait ce mur — ce paysage, ce visage. Car si cette façade percée seulement de trois lucarnes opaques, toujours closes, où jamais personne ne comparaissait, ne présentait nulle silhouette humaine, nul visage de vivant, elle était par elle-même visage. Gabriel le connaissait par cœur ce visage, dans ses moindres détails et ses moindres méandres. Il avait vu l'usure du temps œuvrer sur cette face. Auprès de ce visage il avait appris la patience. La plus extrême des patiences, celle qui n'attend plus rien. La patience d'attendre que passe le temps, que se fanent les images et se taisent les cris qui hantent la mémoire. La patience d'apprivoiser la douleur — la douleur, la mémoire, comme deux sœurs siamoises soudées flanc à flanc qui errent à tâtons à pas de somnambule dans les labyrinthes du cœur, de la chair, de la pensée. Les somnambules sont vulnérables, il ne faut pas les réveiller mais les laisser passer en retenant son souffle. Gabriel aurait pu vivre parmi un peuple de somnambules sans en frôler un seul tant il avait acquis l'art de l'esquive, de l'effacement et de la discrétion. Cet art, c'était à l'ombre du grand visage mural qu'il l'avait développé, travaillé, consolidé, sinon parfait. Et c'est pourquoi cette ombre lui était douce.

Ce visage, c'était un peu son compagnon, son confident muet ; c'était aussi son maître en patience et en oubli. C'était donc son ange gardien. Un ange gardien à sa mesure et à sa ressemblance. L'austère gardien qui défendait sa solitude, l'ange courtois qui veillait sur sa vie d'homme minime. Car il était un homme minime, Gabriel, et il tenait à le rester. Vivre comme en cachette au cœur de la grande ville, terré dans son logement où la lumière du jour ne parvenait que peu, à l'abri d'un haut mur dressé tel un rempart entre les hommes et lui, entre le ciel et lui, entre la vie et lui, cela lui convenait. Bien sûr, pendant le jour il lui fallait sortir de sa cache et s'en aller à son travail, courir les rues et le métro. Mais chaque soir il retrouvait son aire, s'y enfermait comme dans une boîte.

Une boîte sombre percée d'un trou — sa

fenêtre donnant sur le mur arrière de l'établissement de bains turcs. Une boîte plantée comme une archaïque chambre de prise photographique sur son trépied, et braquée sur une unique vue, plane et rigoureusement immobile. Son temps de pose se comptait en années. Plus d'une décennie déjà s'était écoulée depuis que Gabriel habitait cette boîte.

L'espace qui s'étendait hors des étroites limites de sa fenêtre lui restait invisible, indolore donc. Car l'excès de vie, le grouillement de gens, la frénésie visuelle qui sévissent toujours dans les grandes villes provoquent la curiosité, le désir, l'agitation du cœur et des sens, et par fatale voie de conséquence le tourment et la peine. Tout cela lui était épargné. Il vivait en miroir d'un immense visage muet d'une apaisante indifférence. Il ne voulait rien d'autre.

Séquence 2

Ce visage recouvrait la majeure partie du mur. Il se présentait de trois quarts avec cet air lointain et un peu grave dont se parent les portraits d'ancêtres accrochés le long des corridors des manoirs de famille. Sa face mince était enchâssée entre le haut col de son habit et les boucles noires des cheveux et des favoris qui descendaient jusqu'au menton. Ses yeux sombres avaient pris regard avec le temps. Un regard plein de douceur, légèrement absent, comme en allé. Un imperceptible sourire affinait sa bouche pareille à celle d'une femme. Tout en lui exprimait le calme, la pudeur et la sérénité, du moins le semblait-il, car en vérité il s'était fait un art de ne rien exprimer.

C'était le portrait du Docteur Pierre, grande fresque publicitaire d'un temps déjà ancien peinte en l'honneur d'une pâte dentifrice. Des inscriptions, il ne subsistait plus que quelques lettres, les finales, comme les franges d'un écho. À présent on pouvait lire au-dessous du portrait ces éclats de mots mystérieux :

ATE IFR CE
R. IERR

Un rébus où les lettres ATE n'évoquaient nullement le mot hâte, mais plutôt un ploiement, un creux, une lenteur, un son lourd et sourd que relevaient les lettres IFR CE d'un trait strident comme une rayure sur du verre. Par contre les lettres de la seconde ligne redoublaient le sens évoqué par le son : hier. Hier roulait sans fin sa rauque résonance comme un torrent boueux ses cailloux.

Mais cette façade n'était pas seulement une fresque, elle était aussi une grande ardoise publique où sans cesse fleurissaient, furtifs et vivaces, affiches, graffitis, gribouillis et dessins. Ceux-ci couraient le long du mur, à hauteur d'homme, s'entrelaçant, se recouvrant, se déchirant, s'entr'effaçant, s'interpellant, se bousculant. Combien de pamphlets, de cris de révolte, de rendez-vous d'amoureux ou de militants, de déclarations en tous genres, d'aphorismes sur la vie, sur le monde et sur Dieu, ne s'étaient-ils écrits là au gré des humeurs, des colères et des désirs des passants de hasard ? Gabriel jetait chaque jour un coup d'œil sur cette ardoise collective aux textes anonymes, de la même façon qu'il parcourait du regard les grands titres des journaux affichés aux devantures des kiosques. Et il lui semblait que les passants, en majorité, étaient tout aussi gangrenés par la banalité, la haine et le ressentiment, que l'ensemble du monde et que les puissants qui tiraient tour à tour les ficelles de l'histoire. Cependant, de temps à autre, il arrivait qu'un des passants gribouilleurs montrât quelque fantaisie, ou un peu de poésie. Un jour, un angoissé solaire avait écrit : « J'ai peur de la nuit. J'ai peur des éclipses. Lumière ! Lumière ! » Un sage était passé derrière et avait répondu : « Tenez toujours une rose soufrée à la main. Ou à défaut dans la pensée. Cela suffira à faire le jour. » Un troisième avait ajouté, plus simple et fraternel : « Et n'oublie pas le lilas blanc. Pour éclairer les nuits de larmes. »

Récemment, un imprécateur piqué d'anachronisme avait écrit en larges lettres de couleurs un slogan quelque peu obsolète mais plein de fougue partisane : « Louis XI salaud ! Mort au Fourbe ! Longue vie au Téméraire ! »

Encore plus bas, à hauteur de chien, des traînées d'urine s'étageaient en frises discontinues qui s'enlaçaient les unes aux autres. C'était là un langage fruste, lapidaire, qui soulignait avec énergie celui des gribouilleurs ; les hommes s'interpellaient sans même se rencontrer, le plus souvent en s'insultant, et les chiens pissaient sur les traces les uns des autres. Un même et impétueux désir de se colleter avec son semblable, comme ça, pour le plaisir.

En été, le portrait du Docteur Pierre disparaissait sous le lierre qui lançait toujours plus avant ses racines en éventail, et en hiver il réaffleurait, à chaque fois un peu plus pâle, un peu plus lointain, comme s'il ne revenait jamais tout à fait de son long rêve ligneux. D'un de ses yeux davantage rongé que l'autre par le lierre, il ne restait d'ailleurs plus qu'une esquisse. Les yeux du Docteur Pierre étaient ainsi devenus vairons, et son regard en paraissait encore plus évasif, et son sourire plus mélancolique.

Une des lucarnes perçait sa tempe droite et une autre sa joue, juste au-dessus du haut col qui lui enserrait le cou. La troisième s'ouvrait près de son oreille gauche, contre la nuque. Avant, des nuages de vapeur s'en échappaient tout au long de la journée. Ils surgissaient en floconnant, puis ils glissaient très doucement au ras du mur et s'en allaient mourir au fil des rues. Ces vapeurs brûlantes prenaient en hiver des allures fantastiques lorsqu'elles montaient dans l'air glacé, embrumant le visage évanescent qui ruisselait ensuite d'une fine sueur grise. Sous la pluie, le visage du Docteur Pierre devenait fabuleux ; il s'imposait alors avec majesté, comme la face sacrée d'une icône. Les grandes pluies d'orage, violentes et acérées, le magnifiaient particulièrement, elles éblouissaient son sourire et avivaient l'étrangeté de son regard oblique. Son immobilité semblait alors résulter tout autant d'une pose éternelle que d'une fulgurance plus vive qu'un éclair. Mais sous les effluences de vapeurs blanchâtres, son visage paraissait au contraire infiniment fragile et l'humidité qui transpirait sur sa face lui donnait un air hagard, voire souffrant.

Larmes et sudation. Le Docteur Pierre avait été pendant près d'un siècle, jour après jour, la proie de fièvres continuelles, tantôt brutales et tantôt douces. La proie d'un songe. Dans les eaux grises de ce songe Gabriel avait lavé sa propre mémoire, avait puisé l'apaisement de l'oubli.

Séquence 3

Le rêve le plus obscur, le plus vaste et profond, avait longtemps habité le versant de cette face imperceptiblement détournée. L'établissement de bains turcs renfermait dans ses murs le rêve par excellence — la beauté de la chair. Alcôves fraîches où, sur des tables rondes, fument des verres de thé aux senteurs de menthe, tandis que sur leurs couches des femmes se délassent en écoutant le très doux ruissellement de fontaines mises là à jaillir et jaser pour leur seul plaisir. Hammam aux mosaïques bleues et blanches empli de vapeurs chaudes, de murmures et de souffles, et d'odeurs de corps. Femmes assises dans les étuves sur des gradins de bois, dans des brumes bleuâtres aux parfums balsamiques, ainsi que des statues de glaise hésitant entre l'absence et la présence. Chevelures ruisselantes tordues sous des jets d'eau, visages laqués de sueur, membres humides aux gestes lents, inachevés, et mol abandon des corps à la chaleur, au songe et au repos. Aisselles blondes, brunes ou rousses, s'ouvrant comme des fleurs marines à chaque étirement de langueur. Pieds descendant les marches des piscines et foulant l'eau à pas menus tandis que des lueurs s'éhiscent en tremblant le long des jambes, des cuisses, jusqu'aux hanches, et tournent sur les genoux. Reins qui se cambrent, épaules qui frémissent, et les globes soyeux des seins aux tétins roses ou bruns que durcit le trouble émoi d'être nu. Dents découvertes dans l'éclat des sourires, des rires. Ongles embués comme des élytres d'insectes pâles volant au crépuscule. Torsion des bustes sous les douches glacées, peaux malléables comme des boues sous les mains des masseuses. Silhouettes enserrées dans des peignoirs blancs et dodelinement des têtes enturbannées des baigneuses glissant à petits pas vers les cabines d'habillage.

Ainsi s'était usé le visage du Docteur Pierre, d'une usure douce, émerveillante. Ainsi s'était poli, lustré jusqu'à la transparence, son regard hanté du dedans par l'humide beauté des corps livrés au rituel de toilettes languides. Et son sourire, à force d'exprimer la même continuelle fascination, était devenu semblable à celui des idiots. Frêle sourire qui tremble au bord extrême de la disparition. Pendant près de cent ans le Docteur Pierre avait ressassé ce tendre songe de chair et de beauté, songe soyeux comme la peau des femmes. Et la douceur de ce long rêve avait transsudé au fil des jours à fleur de sa face ; cette sueur de rêve et de désir, ces larmes muettes avaient formé des concrétions, des rides, des taches et des cernes, qui dessinaient dans la géographie de son visage de troublants réseaux de lignes, de traces, de crevasses.

Tel apparut le Docteur Pierre à Gabriel ce matin-là, dans la lumière acide des phares des camions : un idiot de vigie posté en garde d'une glaisière de corps, un prince eunuque veillant sur un harem de femmes nues, d'odeurs et de chuchotements. Un prince déjà à moitié dépossédé de son royaume ; depuis que l'on avait fermé les bains au début de l'automne, le Docteur Pierre ne veillait plus que sur un harem d'ombres. Son regard cependant était demeuré inchangé ; il poursuivait, bien qu'à vide, son calme songe de chair et d'eau. La grosse bâtisse désaffectée demeurait encore riche de mémoire, d'imaginaire.

Mais voilà qu'à présent on s'en prenait à cette mémoire même, on attaquait son lieu, son corps, on se préparait à dévaster l'espace clos du songe, les tendres traces du désir. Le Docteur Pierre était condamné ; il serait abattu. « Peut-être ne vont-ils démolir que l'intérieur du bâtiment, se dit Gabriel pour se rassurer, et qu'ils ne toucheront pas aux murs extérieurs. » C'est que ce rêve était devenu le sien, c'est que ce mur était son rempart contre la ville, contre la foule, et ce visage était son horizon. C'est que les larmes qui sourdaient de ce rêve étaient les siennes — purifiées, magnifiées. Toutes les larmes enlisées dans son cœur, et qu'il n'avait pas su verser. C'est qu'il avait déposé derrière cette face muette la lancinante rumeur du désir que son corps et son sang d'homme minime ne pouvaient plus depuis longtemps contenir et endurer. C'est que ce grand visage mural était un suaire dont le sourire masquait la fadeur de ses jours, le vide de ses nuits.

Gabriel alla dans la salle de bains prendre une douche. Il ne prenait ses douches que très chaudes, en été comme en hiver. C'était là, après l'épaisse couverture dont il s'emmitonnait au saut du lit, la deuxième phase du lent processus de réchauffement qu'il mettait en œuvre chaque matin pour tenter de chasser la sensation de froid ancrée en lui. Ensuite il passait dans la cuisine où il se préparait un chocolat chaud. Le lait brûlant et le goût du chocolat faisaient partie du processus de réchauffement. Il buvait dans un grand bol de faïence, et tout le temps pendant lequel il tenait ce bol serré entre ses paumes, le visage penché au-dessus du liquide fumant, il éprouvait une sorte de consolation. Une consolation aussi légère que fugace, et dont il mesurait très bien la dérision ; mais la vie l'avait réduit à de si faibles dimensions, à une telle insignifiance, qu'il avait appris à se soumettre avec humilité à la tournure dérisoire prise par son destin. Comme un moineau en plein hiver becquette avec avidité la moindre menue miette trouvée dans la neige, Gabriel se contentait des plus petits plaisirs et des très minuscules joies semées de-ci de-là sur son morne chemin. C'est pourquoi il buvait avec tant de recueillement son chocolat chaud du petit déjeuner.

Mais ce matin-là, ni la douche brûlante ni le goût du chocolat ne purent suffire à le remettre d'aplomb. Quelque chose dans sa poitrine et dans sa gorge restait noué, et, bien que cela fût encore en sourdine, un confus sentiment d'angoisse s'insinuait en lui. Cependant il lui fallut passer outre à ses humeurs chagrines car une journée chargée l'attendait. Il devait visiter plusieurs clients pour leur montrer les tirages des photos qu'il avait prises d'eux quelques jours plus tôt à l'occasion de leur mariage.

Séquence 4

Mariages, fiançailles, naissances et baptêmes, cérémonies en tous genres, « portraits d'art ». Tel était le lot de Gabriel qui passait ses journées à courir de mairie en église, de maternité en salle de réception, puis à la boutique Photo-fête pour le compte de laquelle il travaillait. Le plus éprouvant était d'accomplir ensuite la tournée des clients, d'aller leur présenter les albums aux couvertures glacées rehaussées de motifs et de lettres de couleurs clinquantes. Bien qu'il exerçât depuis bientôt quinze ans ce métier de faiseur et de marchand de sottisiers d'images, Gabriel s'obstinait à considérer cet emploi comme temporaire et secondaire. Mais il appartenait à cette catégorie d'êtres à l'égard desquels la vie se montre prodigue de tant de petites ironies et de sournois crocs-en-jambe, qu'ils finissent par s'accoutumer à claudiquer plus ou moins adroitement, et douloureusement, entre leurs rêves et la réalité.

Dans la rue il remarqua que les ouvriers commençaient à dresser le long du trottoir des palissades de bois à lattes rouges et blanches, et que le bâtiment dégageait une étrange odeur de vide et de nuit confinée dans le froid. Le ciel ne s'éclaircissait pas, il pâlissait. « Encore un matin sans lumière », se dit Gabriel en se hâtant vers le métro.

« Gaz et eau à tous les étages. » La plaque en faïence blanche, de forme ovale, surplombait le numéro de l'immeuble. Cette annonce désuète d'un confort dépassé ne trahissait plus que l'ancienneté du bâtiment à la porte duquel deux immenses poubelles de fer montaient la garde. Gazéo, gazéo, gaze et eau, jazz et eau, gazelle haut... Gabriel compta de la sorte les étages qu'il lui fallait gravir. Il arriva tout essoufflé à la porte de ses premiers clients, et attendit quelques instants avant de sonner. Une très jeune femme vêtue d'un jeans et d'une liquette à carreaux bleus et verts vint lui ouvrir. Elle l'introduisit dans la cuisine en s'excusant du désordre qui y régnait, et lui proposa une chaise. « On vient juste d'emménager, tout est encore en travaux », dit-elle. Il sortit de sa sacoche l'album « Mariage Dunet-Rambaud », et le posa devant elle sur la table qu'elle venait d'essuyer d'un coup de torchon. La toute nouvelle madame Rambaud riait et s'exclamait comme une gamine en feuilletant l'album ; tout lui était encore surprise et amusement. Elle passa commande de l'ensemble des photos. Délesté de son premier album, Gabriel s'achemina vers l'adresse du couple Bodin-Laruelle. Ceux-ci habitaient au diable et il dut traverser tout Paris en métro. Puis ce fut le tour du couple Fromentin-Sénéchal, et enfin celui des mariés Bellaman-Vendebout. Ces derniers noms plurent à Gabriel. L'adresse de ce couple était à la mesure de leurs noms — 9 ter, rue du Point-du-Jour. Tandis qu'il attendait l'ascenseur, Gabriel se répétait : « Neuf terres au point du jour », et il imaginait neuf plats pays de couleurs différentes. Neuf royaumes ; les trois premiers étaient ocre, orangé et sienne clair, les trois suivants rose, carmin et violet, les trois derniers vert forêt, gris bleuté et jaune vif. Cela lui rappelait les cahiers de coloriage de son enfance, les grandes boîtes de crayons et de craies de couleur. Il se souvint aussi de ce que répétait souvent sa grand-mère qui aimait toujours se lever à l'aube : « La lumière est si belle au point du jour, les couleurs y sont si tendres, fragiles... », et lui comprenait « au poing du jour ».

Une jeune femme lui ouvrit la porte. Gabriel ne rencontrait jamais les maris. Il ne les voyait qu'une fois, le jour des noces, après quoi ils semblaient disparaître, se désintéresser des traces du jour de leur union. C'était aux femmes qu'incombait le soin de ce rituel, les jeunes épousées et les jeunes accouchées. Il y avait celles qui feuilletaient l'album d'un air distrait, soit par timidité, soit par désinvolture. Il y avait celles qui prenaient au sérieux leur rôle de dépositaires des souvenirs et qui inspectaient chaque photo avec une attention grave.

Il y avait les indécises, les bavardes intempérantes qui profitaient de l'occasion pour raconter leur vie, les arrogantes qui au contraire le tenaient à distance comme un domestique planté dans l'antichambre pour attendre leurs ordres. Il y avait les perpétuelles insatisfaites qui réclamaient retouche sur retouche, les enjouées, les douces et les courtoises, les pointilleuses, les agaçantes et les charmeuses. Gabriel connaissait toute la gamme et il avait acquis suffisamment de souplesse pour s'adapter à chaque situation.

La fraîche mariée Vendebout appartenait par malheur à la catégorie des vigilantes sourcilleuses. « Oh, là, là ! » s'écria-t-elle soudain en inclinant la tête vers l'album qu'elle tenait ouvert sur ses genoux. Gabriel sursauta ; il prit aussitôt un air soucieux et demanda : « Quelque chose ne va pas ? — Mais regardez donc vous-même ! » répondit la jeune femme en tournant l'album vers lui. Il s'agissait de la photo de groupe. Tous les invités de la noce avaient posé à l'ancienne, installés sur des gradins montés à cet effet dans la cour de l'auberge où le banquet avait eu lieu. Gabriel inspecta la photographie mais ne remarqua rien d'anormal. La photo lui parut bien cadrée, très nette, les tons justes. « Excusez-moi, dit-il, mais je ne vois pas ce qui vous gêne dans cette photo... — Comment vous ne voyez pas ? s'exclama la femme, et ça ! » Elle prononça ces derniers mots avec emphase, d'un air outré, et pointa un doigt raide sur la terrible fausse note qui gâchait la photo. À présent que le défaut lui avait été indiqué, Gabriel ne voyait plus que lui. Un long fil coupait transversalement la photo, à hauteur du front des convives dressés au sommet des gradins. « Certainement un fil électrique un peu distendu, ou un câble... », commença à hasarder Gabriel, mais l'autre l'interrompit aussitôt : « La belle affaire ! Fil électrique ou fil à couper le beurre, je m'en fous ! Tout ce que je sais, c'est que ce damné fil sabote la photo. Je tenais particulièrement à cette photo de groupe. Dans ma famille, c'est une tradition ; de génération en génération, les mariés posent ainsi, entourés de tous leurs amis et parents. C'est un rite. Mais ils ont l'air de quoi, hein ? ceux du dernier gradin avec cette barre absurde en travers du front ? » Gabriel fit de son mieux pour calmer la petite dame, il lui assura que la suppression de ce déplorable défaut serait un jeu d'enfant qu'il allait exécuter dans les plus brefs délais.

Séquence 5

Lorsqu'il rentra chez lui, l'après-midi touchait à sa fin et le ciel commençait déjà à s'assombrir. L'établissement de bains turcs était entouré de palissades sur lesquelles des panneaux avaient été cloués. « Attention-Danger », « Chantier interdit au public », « Port du casque obligatoire », « Défense d'entrer ». Tous ces avis, ces ordres et ces interdits transformaient subitement le vieux bâtiment familier en lieu inquiétant, en une sorte d'espace maudit retranché du monde des vivants au cœur même de la ville. Cela excita en Gabriel une curiosité d'enfant et il se mit à fureter tout autour de la clôture en glissant des regards indiscrets dans tous les interstices qu'il décelait. La métamorphose des endroits publics en zone franche et secrète lui plaisait car rien n'aiguisait davantage son imagination que les lieux frappés d'atopie. Peut-être parce que lui-même en avait été frappé, un jour, et que depuis ce jour il faisait en vérité juste semblant de se trouver ici ou là.

Gabriel longea donc les palissades, l'œil aux aguets. Perclus de mélancolie chronique, il n'en gardait pas moins une certaine idée du bonheur. C'était une conception restreinte qui consistait à croire que le bonheur est une force vierge, sans racines et sans forme, en perpétuelle instance de surgir et de tout éblouir. Cette force allègre, plus erratique qu'un nuage et plus véloce qu'un feu follet, Gabriel ne lui connaissait que peu de points d'éruption et de lieux de passage — les profondeurs sous-marines, l'immensité du ciel où vibre la lumière, et l'élan fou du corps lorsqu'il s'arrache à soi pour se rompre et sombrer contre le corps de l'autre, s'y enfoncer, s'y perdre, irradiant de jouissance. Mais de ces lieux il était désormais exilé. La mer surtout, la mer un jour l'avait rejeté, s'était fermée à lui. Pendant des années il avait hanté le silence de la nuit océane pour en photographier la faune, la flore et les géographies secrètes. Et puis soudain quelque chose s'était brisé et avait basculé, et maintenant c'était lui qui se trouvait hanté par le silence et la nuit aquatiques dont les mystères et les splendeurs s'étaient soudés en bloc d'impossible. Car la peur avait surgi, d'un coup, et elle l'avait chassé hors des profondeurs comme un poisson traqué. Elle l'avait touché au plus vif de son être, elle avait visé son souffle et s'y était inscrite en creux. Elle s'était même inscrite en faux, en fourbe, dans tout son corps, contre sa chair et son désir. Pour l'atteindre de la sorte, la peur avait pris le plus bref, le plus terrible raccourci — un rapide détour à travers les yeux d'Agathe.

La peur avait toujours agi à son encontre par surprise. Un impondérable rai de regard avait suffi à le détruire. La peur l'avait exclu à tout jamais hors des plus merveilleuses profondeurs de ce monde, celles de l'océan et celles du corps. Alors le bonheur avait perdu à son tour toute profondeur, toute épaisseur et plus encore toute durée. La conception restreinte, mais vive, qu'il en avait eue autrefois s'était rabougrie à l'extrême. Le bonheur se réduisait dorénavant à la même petitesse que les dérisoires consolations qu'il s'inventait de-ci de-là. Quelques petits je-ne-sais-quoi qui perçaient au hasard la fadeur et l'ennui de sa vie. Les lieux de prédilection où s'opéraient à présent de tels sursauts de menu bonheur se révélaient être ceux où, précisément, il ne se passait rien. Où rien n'avait lieu que la nudité et la simplicité du lieu même. Les terrains vagues, les chantiers vides, les rues et les chemins déserts, les ciels hauts parcourus de nuages en cavale, les quais de gare aux heures creuses. Tels étaient pour lui les coins les plus propices au surgissement de ces petits riens du bonheur.

Gabriel en train de déambuler autour des palissades s'apprêtait donc à croiser un de ces maigres feux follets lorsqu'il s'aperçut que la clôture entourait même la place dont les marronniers faisaient soudain figures de prisonniers. L'impression de surprise attendue se transforma en colère. Il tourna les talons et vint examiner le grand panneau qui présentait le plan des futures constructions. Il constata en effet que la superficie du prochain bâtiment dépassait largement celle de l'actuel, et donc que la place était condamnée à disparaître, comme le Docteur Pierre. Cette découverte précipita son humeur dans une amère morosité. Il aimait cette place en demi-cercle, plantée de marronniers et de cinq bancs de bois peints en vert, où les vieux du quartier vers le soir avaient coutume de venir prendre l'air. Certains de ceux-là d'ailleurs, tirant d'une main un petit chien trapu au poil dru ou un loulou abâtardi, et de l'autre tenant un filet à provisions, furetaient également autour du chantier ; ils dodelinaient de la tête d'un air désespéré, ou courroucé. Un groupe de badauds rassemblés sur le bord du trottoir commentait les travaux avec animation. Mais il n'y avait rien à commenter. Le Docteur Pierre et sa mémoire de larmes, de chairs, de chevelures, la jolie place aux bancs verts, les marronniers, la balade des petits vieux au crépuscule, tout cela était condamné. Gabriel rentra chez lui sans plus prêter d'attention au chantier.

Gabriel s'approcha de la fenêtre. Il contempla le mur. « Un matin sans lumière, se dit-il, un jour morne, un soir plus amer encore. » Il mesurait plus que jamais l'importance que ce mur avait prise dans sa vie, combien ce visage lui était devenu familier, proche et aimé. Que lui restait-il d'autre à aimer que des souvenirs, et des images ? Ce mur lui tenait lieu de ciel, de paysage, et ce ciel mural avait pour lui des charmes pareils à ceux des grands ciels gris du Nord dont le vent pousse sur la plaine l'ombre frêle des nuages. Se pouvait-il qu'on lui volât son ciel, qu'on abattît son horizon, qu'on précipitât le doux visage de son ange gardien dans la boue ? Mais il dut s'éloigner de la fenêtre et abandonner sa rêverie chagrine pour se mettre au travail. Il avait promis à l'épouse Vendebout de lui rapporter la photo retouchée dès le surlendemain. Il s'enferma dans sa salle de bains qu'il transformait régulièrement en atelier. Il aurait pu accomplir cette besogne au laboratoire de Photofête, mais il voulait se débarrasser au plus vite de cette corvée. Il éprouvait surtout le besoin de s'occuper, de chasser la détresse qu'il sentait s'insinuer en lui.

Il parvint à effacer le fil intrus, mais du même coup il escamota le crâne de tous les convives perchés au sommet des gradins. Une rangée de scalpés souriait stupidement sur la photo de noce. Pris de panique, Gabriel s'ingénia à réparer son méfait. Mais il ne réussit qu'à l'aggraver ; il affubla tous les scalpés de chevelures hirsutes, puis il les coiffa de gibus et bibis en tous genres. Quand il jugea la catastrophe irréparable, il sortit de la salle de bains et alla se préparer un grand chocolat chaud qu'il but par petites gorgées derrière la fenêtre, face au Docteur Pierre. « Qu'elle aille au diable la Vendebout, avec sa noce au grand complet ! Dans deux ans, peut-être bien qu'elle aura divorcé. Et puis, ils sont très jolis mes chapeaux ! De toute façon, c'est à prendre ou à laisser. Si elle se fâche, cette emmerdeuse, je les décapite tous ses ivités, hop ! Et à elle, je lui flanque une barbe de patriarche jusqu'à ses

petits souliers blancs. Non mais sans blague ! »
Ainsi maugréa-t-il un bon moment tout seul en sirotant son chocolat sous le regard absent du Docteur Pierre. Mais le surlendemain il subit sans mot dire, l'air penaud, les grands cris de la dame horrifiée.

Séquence 6

Pendant des semaines des bruits fantastiques retentirent à l'intérieur du bâtiment sans que rien de son apparence extérieure parût changer. On abattait pan par pan le monde du Docteur Pierre, on excavait son rêve. Cela résonnait drôlement en Gabriel, dans sa tête, dans sa poitrine. Des coups sourds, des sons creux. Et cela ébranlait sa propre mémoire. Des souvenirs depuis longtemps enfouis, des images oubliées remontaient parfois jusqu'à sa conscience, mais furtifs, en fragments. Il n'y prêtait pas trop d'attention, ne cherchait pas à les saisir pour les immobiliser dans sa pensée et les scruter de plus près. Il laissait filer ces franges du passé, ces bribes d'images. « Attention-Danger », clamait en grosses lettres un des panneaux du chantier. Gabriel entendait cet avertissement à l'envers ; il ne s'agissait pas d'être attentif pour éviter le danger, mais bien au contraire c'était l'attention même qui était source de danger. Il sentait que s'il accordait trop d'attention à ces fragments de souvenirs qui jaillissaient en désordre dans sa conscience, s'il tentait de les rassembler, de les remettre en ordre, il serait alors en péril. Il avait depuis longtemps perdu tous les lieux et les corps de ses amours — la maison de Valombreuse, sa grand-mère, ce doux génie du lieu de son enfance, la mer, et à la fin Agathe. Il ne voulait pas raviver toutes ces plaies. Il avait lavé sa mémoire pour ne plus avoir à se tourner vers elle, ne plus avoir à endurer la lancinante douleur des regrets, il avait placardé sur son cœur ces objurgations : ne jamais écouter le chant de sirène du passé, se méfier de souvenirs qui sont autant de prédateurs, ne pas se retourner en arrière. La femme de Loth s'était retournée, elle s'était figée en statue de sel. Sel des larmes de ceux qui ne savent pas consentir à la perte. Orphée s'était retourné, il avait perdu son Eurydice. Attention-Danger. L'attention nostalgique était un danger mortel. Il prenait exemple sur le placide Docteur Pierre au vague sourire imperturbable, au doux regard étale qui ne se fixait sur rien. Alors même que l'on ravageait sa mémoire centenaire, le Docteur Pierre gardait avec constance, avec vaillance, son air calme et détaché. Gabriel se devait plus que jamais de suivre un tel modèle de rigoureuse indifférence.

Mais un soir en rentrant d'une de ses tournées, Gabriel découvrit la première grave atteinte visible portée à l'établissement de bains : il n'y avait plus de toit. Le Docteur Pierre semblait scalpé, il ne lui restait que quelques boucles sur le front. Des tiges de fer distordues hérissaient tout le pourtour des murs comme de grandes virgules scandant à contre-ciel la désécriture d'un texte qui fût tracé dans une encre faite de pluies, de larmes, d'éclats de jour et de poussières d'étoiles. C'était la fable si longtemps rêvée et ressassée par le Docteur Pierre qui s'effaçait ainsi, se livrant aux arides ponctuations de l'oubli. Gabriel repensa soudain aux convives de la noce Bellaman-Vendebout dont il avait tranché le haut du crâne. Il se souvint de la colère de la mariée lorsqu'il lui avait rapporté la photo prétendument retouchée, en vérité saccagée. Lui, aucune colère ne l'habitait, mais un total désarroi. Il fixait le mur d'un air d'enfant

/

perdu. Son paysage mural, qui était devenu avec le temps son paysage mental, commençait à s'effriter. Il savait depuis des semaines que cela devait arriver, mais il n'avait pas vraiment soupçonné, malgré ses craintes, l'effet que cela produirait sur lui lorsque cela arriverait. L'effet d'un désastre. Soudain il s'arracha à sa stupeur et saisit son appareil ; il se mit à photographier le mur avec empressement, avec avidité. Jamais auparavant une telle idée ne lui était venue. L'image avait toujours été là, fidèle et apaisante.

Gabriel appuyait coup sur coup sur le bouton de son appareil, comme un automate. Clic-clic-clic... c'était comme si ses propres yeux clignotaient de surprise, clignaient d'incrédulité. Il ne pouvait encore croire tout à fait ce qu'il voyait. Clic-clic-clic... il criblait le mur de coups d'œil précipités, éberlués. Il devait se convaincre de la réalité. Se convaincre de ce scandale, de ce malheur. Clic-clic-clic... il avalait l'image mutilée. Son appareil lui était œil autant que bouche. Un œil rond, stupéfait, une bouchée bée.

Pendant la nuit, le vent qui s'engouffrait dans le local vide rendit au lieu parole et souffle. Parole affolée de silence et de perte, parole à cru, privée de mots, d'images et de syntaxe. Parole brute qui ne proférait plus que la violence et la douleur d'un verbe nu ; parole réduite à la stridence du souffle, et souffle devenu cri, plainte, sanglot. Gabriel écoutait du fond de son lit tourner le vent dans son enclos de pierre et de béton. Tantôt le vent retombait et glissait en faibles gémissements le long des murs, tantôt il se relevait avec force et s'élançait à l'assaut de tout le bâtiment comme la voix d'une chanteuse qui s'enfle et s'élargit jusqu'à la perte du sens des mots éclatés dans sa bouche, jusqu'à conquérir intégralement l'espace. Gabriel sentait dans sa poitrine son propre souffle se traîner avec effort et chuintements, et l'impression d'étouffement qu'il avait autrefois si souvent endurée l'oppressa toute la nuit.

Sa vieille douleur resurgissait, son ancien mal le reprenait. Il avait souffert de l'asthme dans son enfance. Ses parents l'avaient alors confié à sa grand-mère, à la campagne. Et auprès d'elle, il avait guéri. Mais le mal avait reparu lorsqu'il était devenu adulte. Ce retour avait eu lieu peu de temps après la mort de sa grand-mère, alors qu'il était en plongée. D'un coup son souffle s'était bloqué, quelque chose en lui s'était cabré comme un animal pris de frayeur. Ce fut de la sorte que la mer l'avait rejeté, exilé et renié. La mer, et puis Agathe. L'une avait achevé l'exil inauguré par l'autre. Il s'était cru, depuis ce temps, délivré de son mal. Il était devenu à tel point un homme minime, transparent, il avait réduit sa présence au monde à une si grande discrétion, qu'il pensait avoir été oublié par tous et par tout, même par sa vieille maladie. Mais celle-ci n'avait fait que dormir, elle s'était tapie, sournoise et vigilante, tout au fond de son corps, et au premier signe elle avait bondi. Attention-Danger. Gabriel avait accordé trop d'attention au mur d'en face, il avait porté trop de dérisoire affection au portrait du Docteur Pierre. Il s'était une fois de plus attaché à un lieu, à un visage. La vieille maladie avait d'emblée sauté sur l'occasion offerte par cet excès inconsidéré d'attention, et d'affection. Cette affection fût-elle de pierre et de peinture et non plus de chair, de peau, de sang. Mais il était déjà trop tard pour détourner son attention.

Au matin le vent se retira de la scène et les travaux reprirent. Ce jour-là fut celui du bris de toutes les fenêtres et lucarnes. Vers midi, trois larges trous béaient dans le visage du Docteur Pierre. L'un ouvrait une brèche dans son sourire, un autre près de son œil estompé par le lierre dont les racines nues pendaient en tremblotant, le troisième tout contre son oreille. De légers éboulis glissaient par moments le long de la paroi avec de confus chuchotements. Après la mémoire, c'étaient les sens du Docteur Pierre que l'on dévastait, que l'on livrait au vent. Gabriel assistait de derrière ses carreaux à cette métamorphose — car cette destruction était métamorphose. Le visage fracturé se révélait soudain géographie nouvelle où se projetait un jeu d'ombres et de lumières plus tranchées d'où s'échappaient des lignes de fuite infinies. Le ciel faisait corps avec la face ouverte, la ville s'encastrait par pans dans ces blessures que le vent traversait, le vide s'offrait en perspective. Le Docteur Pierre se craquelait, se morcelait, il s'effaçait devant la ville. La ville, plus vorace qu'une meute de loups. « De grands loups invisibles sont entrés dans la ville, songea Gabriel, ils dévorent les pierres, les murs, les fenêtres. Mon ange gardien est la proie de ces loups invisibles ; déjà il se prépare à quitter cette terre, il va monter au ciel. » À nouveau il le photographia ; ce visage en voie de disparition le fascinait plus que jamais. « Ce n'est à présent plus un portrait, se dit Gabriel, mais un suaire. »

Du très peu de pupille qui subsistait encore à l'œil brisé, s'exprimait un semblant de regard, et cet infime reste de regard était doué d'une extraordinaire fixité. « Le regard du Docteur Pierre a changé, remarqua Gabriel ; il ne rêve plus, il a perdu sa légèreté. C'est le regard d'un fou, d'un condamné. » Quant à la bouche, qui pour la première fois s'ouvrait, elle n'avait rien à dire. Seul le bleu du ciel y proférait son éclat vif et froid. Gabriel trouva que le visage du Docteur Pierre, à force d'usure et d'immobilité, avait fini par atteindre la beauté sombre et farouche des portraits du Fayoum peints à contre-mort, face au silence parfait de l'éternité. Portraits peints du vivant des modèles, mais à contretemps de leur vie qu'ils avaient arrêtée le temps de la pose pour la mettre en suspens dans un étonnement mi de frayeur et mi d'émerveillement face au mystère de la disparition. Cette violence de la disparition qu'ils savaient prête à leur ravir, en un bientôt imprévisible, le vif éclat de leur jeunesse, la force rauque de leurs amours, et leur charnelle présence au monde. « C'est cela, se répétait Gabriel en archivant par avance l'image condamnée, c'est tout à fait cela, mon vieil ange gardien s'en va, il a fini son temps en ce monde. Voici que son visage s'ouvre comme un tombeau. »

Gabriel reposa son appareil, mais il demeura encore un moment dans l'embrasure de la fenêtre à contempler le mur. Une pensée bizarre lui traversa l'esprit. « Bientôt, se dit-il, le Docteur Pierre aura été. » Cette petite phrase lui parut saugrenue ; il chercha le nom qui qualifiait ce temps de conjugaison. « Ah oui, le futur antérieur ! Drôle de nom, temps insensé ! » Puis il se ravisa, et ajouta : « Mais c'est le temps des photographes... » Il pensa à Eugène Atget qui, lorsqu'il photographiait les rues, les cours, les places et les fortifications de Paris, annotait ensuite ses tirages de cette simple, et très juste remarque : « Va disparaître. »

Séquence 7

Gabriel sortit en fin d'après-midi. Dans la rue il croisa un groupe d'ouvriers qui quittaient le chantier ; ils parlaient avec entrain dans une langue étrangère. Peut-être parlaient-ils de la lente mise à mort du Docteur Pierre, peut-être avaient-ils remarqué que ce bâtiment n'était pas comme les autres, qu'il abritait un esprit, un djinn aussi mélancolique que puissant ?

Une fine pluie se mit à tomber, et en quelques instants l'asphalte étincela de reflets bleu foncé et de phosphorescences verdâtres et dorées. Gabriel ralentit le pas, malgré le froid. Il aimait observer la pluie qui tombe à l'oblique des réverbères et des phares allumés dans l'ombre grise des soirs d'hiver ; des jeux de lueurs et de reflets s'improvisent alors partout au fil des rues. Des brasillements couleur d'absinthe moirés de mauve et d'argent clair courent et glissent sur les vitrines, les carrosseries, les pare-chocs et les moyeux des roues de voitures. Les passants eux-mêmes prennent une autre allure, se revêtent d'éclat. Mais ce que Gabriel préférait, c'était le magnifique effet de rehaut que produisait toujours la pluie, la nuit, sur les chevilles et les jambes des femmes chaussées d'escarpins à hauts talons. Il aimait contempler les jambes des femmes ; minces et nues, ou teintées par les bas, ou laquées par la pluie, elles vivifiaient le rythme sourd de la ville, elles le scandaient d'allègres stridences. Virgules souples qui louvoyaient à travers la rumeur de la ville. Jolies virgules du désir.

Gabriel admirait les femmes du talon au genou. Tout ce qui s'élançait au-dessus ne le concernait pas. Ne le concernait plus. Par-dessus tout, il fuyait le regard des femmes. Là-haut, dans leurs yeux, dans l'éclat de leurs yeux, il y avait trop de violence. La folie s'y tenait à l'affût. Les yeux d'Agathe, un jour, l'avaient blessé à mort. Et depuis il tenait son propre regard baissé, ou détourné. Il ne regardait jamais plus les femmes droit dans les yeux. Il y avait trop de péril à les contempler avec attention. Attention-Danger — cet avertissement désormais bandait pour lui les yeux de toutes les femmes.

Il s'engouffra dans le métro. Un repas de gala était organisé dans les salons d'un hôtel particulier en l'honneur du baptême d'un petit marquis de trois mois, et il était chargé d'assurer le mémorial photographique de cet événement.

Dès qu'il pénétra dans le hall il fut ébloui par le scintillement des lustres en cristal. De tous les luminaires il n'aimait rien autant que les lustres dont la lumière ruisselle et rejaillit, diffractée par les innombrables pendeloques biseautées qui se balancent tout doucement avec d'infimes cliquetis. Dans la mer autrefois, lorsqu'il nageait autour des fins rameaux arborescents des massifs coralliens ou entre les hautes sculptures d'algues calcifiées aux tons rouges et orangés éclatants de densité comme des coulées de miel, il s'émerveillait de la splendeur des formes et des couleurs. Mais depuis qu'il avait été rejeté par la mer il avait perdu le goût des formes et des couleurs et il avait trouvé celui de la lumière et des reflets, des jeux éblouissants de transparences, de chatoiements et de réverbérations. Le monde avait perdu pour lui toute épaisseur, la vie ne portait plus le poids de la chair ; il avait mis le monde à plat, réduit le mouvement de la vie à celui, si ténu, des lueurs et moires impondérables.

Les invités se tenaient rassemblés dans un salon que des miroirs immenses agrandissaient encore, désorientant complètement l'espace ainsi démultiplié et brisé. Le marquis et sa femme vinrent expliquer à Gabriel ce qu'ils attendaient de ses services. La marquise disparut un moment et lorsqu'elle revint elle tenait dans ses bras un formidable paquet de dentelles. Cette apparition vaporeuse souleva une clameur très musicalement modulée parmi l'assistance. Tous ces « Ha !... » expirés sur une large gamme de tons semblaient ricocher de bouche en bouche comme l'écho d'un unique son surgi on ne savait trop d'où, des miroirs, peut-être, ou bien des lustres.

Gabriel se sentait un peu égaré dans cette foule murmurante et scintillante qui se mouvait autour de lui en une houle continue. Les premières poses commencèrent. La mère, assise très droite dans un fauteuil en velours vert, tenait serré contre elle le tout petit marquis dont la tête bringuebalait dans son col bouillonnant. On étala avec art sur les genoux de la mère la traîne de la robe de baptême dont les plis ocellés de dentelle ivoire retombaient en cascade jusqu'au sol. La marquise semblait tenir non pas le descendant de la lignée mais un jeune paon albinos en train de faire la roue. Puis l'enfant passa de bras en bras dans un frou-frou de soie et de murmures gazouillants que transperça soudain un braillement aigu. Le petit paon jetait enfin son cri et ne le lâcha plus. La mère reprit l'enfant dont la tête cramoisie hoquetait drôlement parmi les falbalas de la robe ancestrale. Ensuite commença la lente procession des hôtes vers la table dressée pour le dîner.

Celle-ci s'étendait tout en longueur et était revêtue d'une immense nappe éblouissante de blancheur. Lorsque les convives s'assirent ils se transformèrent aussitôt en d'étranges hommes et femmes troncs, la nappe dissimulant complètement leurs jambes et leurs pieds. Tous ces bustes parfaitement disposés comme une collection de sculptures à l'étalage d'un marchand étaient séparés les uns des autres par de frêles bouquets de roses blanches. Gabriel remarqua quelques très beaux décolletés dénudant des gorges, des nuques et des épaules aux rondeurs pleines et lisses. Mais un détail frappa particulièrement son attention : un pied venait de se glisser dessous la nappe. C'était un pied étroit et long, chaussé d'un soulier de daim noir à fine bride torsadée que fermait, juste au milieu du cou-de-pied, un bouton de strass noir en forme de rose. Ce pied unique, si subtilement paré, brisant la blancheur étale de la nappe, avait quelque chose d'insensé et de provocant, d'autant plus que Gabriel ne parvenait pas à le relier au buste et au visage qui le surplombaient. Ce buste était trop lourd, ce visage trop fade et empâté. La seule femme qui lui parût pouvoir être en accord avec cet admirable pied se tenait à l'autre extrémité de la table.

Ce fut sur une impression d'incongruité que Gabriel prit congé de l'hôtel des marquis. Dehors, une heureuse surprise l'attendait. Il neigeait. La robe du petit marquis semblait continuer à déployer ses flocons de dentelle, comme si la mère avait soulevé jusqu'au ciel à bout de bras son enfant baptisé afin de le présenter aux chérubins et au peuple des saints. Gabriel rentra en taxi ; il voulait voir la ville prise par le trouble très doux de la neige. Le front posé contre la vitre de la voiture qui roulait lentement, presque sans bruit, il regardait tomber la neige avec des yeux d'enfant ravi. « Tout de même, se dit-il, la vie est parfois bien jolie. »

Séquence 8

Le visage du Docteur Pierre ressoudé par la nuit semblait avoir retrouvé son intégrité. Cependant le faible éclat des flocons tombant dans l'ouverture des brèches trahissait ses blessures. Une lumière, qui devait provenir de l'immeuble situé de l'autre côté du bâtiment à demi éventré, brillait au bord de la bouche du Docteur Pierre. Cette lueur un peu sourde et lointaine rendait sourire à ce visage déjà entré dans le glissement de la disparition. Ce sourire avait quelque chose d'insolite qui troubla Gabriel ; il lui rappelait vaguement celui de quelqu'un d'autre, mais il ne parvenait pas à mettre un visage autour de ce sourire.

Gabriel sentait qu'il voyait certainement pour la dernière fois ce portrait mural qui avait été si longtemps le compagnon muet de ses heures de solitude, d'ennui et de rêverie, et qui ce soir semblait lui dire d'un air charmant et détaché : « Tout est consommé. »

La neige cessa progressivement de tomber, et le ciel, d'un noir vitreux et satiné comme une plaque d'obsidienne, se redressa à pic au-dessus de la ville. Les étoiles, très haut perchées, avaient un éclat suraigu. Par moments des flocons égarés virevoltaient doucement dans les halos blanchâtres des réverbères, mais tous fondaient avant d'atteindre le sol.

Gabriel se sentait heureux, plein de calme et de sérénité, comme si tout son être s'était enfoui, apaisé sous la neige. Sa pensée s'effrangeait en une rêverie blanche et son regard perdu errait par la fenêtre derrière laquelle le visage s'étendait à perte de vue, de songe et de mémoire. La face n'était plus qu'un ample paysage ouvert à l'infini du ciel et à l'indéfini du vide. Gabriel glissa cette nuit-là dans un sommeil profond. Vers le matin il s'embarqua dans les méandres de rêves précipités :

— Une ville, toute luisante de nuit et figée dans ses ruines ; il court dans des rues étroites et tortueuses sans savoir où il va, ni même d'où il vient et pourquoi il fuit ainsi sans oser se retourner. Car il n'ose pas se retourner, une angoisse terrible le pousse droit devant lui.

— Le voilà debout face à une table où siège un juge parodique ; celui-ci ne porte pas de robe noire mais a juste boutonné à l'envers une vieille blouse d'écolier, et en guise de jabot, il a accroché à son cou une poule blanche qui ne cesse de battre des ailes. La scène se passe sur le palier d'un escalier à demi détruit et dressé en plein ciel. Des portes claquent sans cesse bien qu'il n'y ait ni portes ni murs même. Le juge débite un discours incompréhensible et d'un coup assène la sentence : « Vous aurez la main coupée ! » Cette phrase-là est fort distincte, tout comme est précise l'exécution immédiate de la sentence. On lui tranche la main, un peu au-dessus du poignet, d'un coup de hache, sur la table même du juge. Mais il ne parvient pas à savoir si c'est la main droite ou la gauche qu'on vient de lui couper. « C'est malin ! s'exclame le juge, furieux. Il y a plein de sang sur mes dossiers maintenant ! » Gabriel s'étonne de la colère du juge car il ne voit aucun dossier et son sang ne coule pas du tout. Il voit seulement sa main, très longue et très blanche, tenant son petit doigt légèrement relevé, qui jonche la table, et son bras mutilé qui tourne dans le vide.

— Il se trouve maintenant au bord d'un fleuve en crue ; tout est inondé. Une eau glacée, d'un gris luisant, recouvre la terre, les champs, les chemins. Des blocs de glace dérivent au fil du courant qui tire fort. Des barques noires de forme oblongue flottent, amarrées au bas des marches d'un escalier de pierre noire comme de la lave. Ces barques qui doivent emporter les gens fuyants le déluge sont soudain prises d'assaut et envahies par une foule chargée de sacs et de paquets mal ficelés. Il n'y a plus de place pour lui, toutes les barques sont pleines et déjà s'éloignent. On lui crie qu'on lui trouvera une place s'il raconte une histoire. Alors il commence : « Je vais vous raconter l'histoire de cette ville dont le nom ne pouvait ni se dire ni s'écrire car il était un certain rire d'enfant. Cette histoire est celle de la neige... » Un grand « Ha ! » s'exclame des barques en train de s'éloigner sur l'eau. Il continue : « La neige était partout, la neige était la ville, la ville était de neige et il n'y avait aucun pas sur la neige. Le fleuve était gelé, immense, et recouvert de neige. Et des oiseaux si blancs qu'on ne les voyait pas avaient construit leurs nids de neige au milieu du fleuve et ils nourrissaient leurs petits avec des grains de rire et... — Ha, ha, ha... ! » continuent à s'exclamer les passagers repliés au fond des barques qui disparaissent lentement au loin dans un bruit ténu de carillon. Gabriel se découvre tout seul sur les marches que gagne l'eau glacée. Il a déjà de l'eau jusqu'aux chevilles. Mais il n'a pas peur. En parlant son corps s'est couvert de plumes noires où l'eau jette des reflets bleus et verts. Il remarque qu'à l'extrémité d'un de ses bras, à la place d'une main, il a une tête de corbeau. Le voilà qui s'envole ; lourdement mais avec force, il plane au ras de l'eau qui ne réfléchit rien. Le corbeau reprend le fil de son récit : « Écoutez, écoutez, je veux vous raconter l'histoire de cette ville qui n'avait pas de nom... Il y neigeait tellement que les mots s'étaient tus, ils dormaient dans la douceur des choses abolies et l'abandon des cœurs, au son de... »

Séquence 9

Son rêve s'arrêta net. Des coups assourdissants scandés de cris et de bruits de moteurs le réveillèrent en sursaut. Après un moment d'égarement il reprit vaguement ses esprits. Soudain il comprit. « Le Docteur Pierre ! » s'écria-t-il. Il sauta hors de son lit et se précipita vers la fenêtre sans même prendre le temps de s'envelopper dans sa vieille couverture. Il ouvrit en toute hâte les volets. L'air glacé du dehors lui coupa le souffle. Mais ce qu'il vit lui saisit le cœur encore plus brutalement. Le mur s'écroulait. Son paysage s'effondrait. Le visage éclatait. Il aperçut l'œil sombre du Docteur Pierre chavirer dans le vide, sa bouche mince se briser, ses boucles noires s'arracher. Un nuage énorme, d'un gris blanchâtre, monta dans l'air, envahit le chantier, puis retomba avec lenteur pour flotter au-dessus des gravats en un épais brouillard. Mais le mur n'avait pas encore complètement disparu. Des pans se dressaient de-ci de-là, déchiquetés, tout de guingois. Il n'y avait déjà plus traces de la neige de la veille. Le ciel s'était couvert et le temps radouci. Tout avait la couleur uniforme de la boue.

De derrière les ruines de l'établissement de bains émergeait un immeuble. Gabriel remarqua que des gens se tenaient à toutes les fenêtres des façades qui entouraient le chantier. Certaines personnes, encore en vêtements de nuit, étaient même sorties sur les balcons et, serrant le col de leur robe de chambre, elles se penchaient par-dessus les balustrades. Toutes ces fenêtres et ces balcons étaient comme autant de loges d'un vase opéra à ciel ouvert où l'ensemble des spectateurs s'était levé pour mieux contempler le déroulement du dernier acte. Le Docteur Pierre gisait brisé en mille morceaux dans la boue. La scène finale venait de s'achever mais le héros du drame ne se relevait pas. Le héros restait terrassé par son rôle. Il est vrai qu'il n'y avait aucun applaudissement, nul hourra ni bravo de la part du public qui assistait à sa mise à mort. C'était un public plein de curiosité, mais tout autant d'indifférence. C'est toujours ainsi que les foules observent les individus que l'on abat. Le Docteur Pierre était mort sans un mot, dans un fracas d'orchestre discordant sous le regard de centaines de témoins muets, de voyeurs froids.

Une mort en direct parmi tant d'autres ; les gens s'étaient depuis longtemps habitués à de tels événements. Mais savaient-ils seulement, ceux de l'autre côté, qu'une fresque plus que centenaire se dressait jusqu'à ce jour à l'arrière du bâtiment ? Connaissaient-ils l'existence du Docteur Pierre ?

Tous ces gens penchés à leurs fenêtres, aux balustrades des balcons, tous ces visages figés, tous ces regards braqués dans le vide — un sentiment d'angoisse s'empara de Gabriel. D'un coup l'espace autour de lui était trop vaste, et trop grouillant de monde. « Des troglodytes, songea-t-il, des troglodytes propulsés hors de leurs trous en étages, hors de leurs antres de béton, par la curiosité ! » Le Docteur Pierre dans sa chute avait entraîné avec lui tout le décor et fait s'effondrer la scène. Il ne restait plus à présent que des coulisses vides, menaçantes. Gabriel se retira du bord de sa fenêtre et tira les rideaux lentement. De tout petits rideaux de coton blanc ; la chute du rideau était vraiment légère, dérisoire, qui saluait la fin de cet opéra muet.

Les fenêtres, là-bas

Séquence 10

Après la démolition du bâtiment, son appartement sembla à Gabriel tout à fait transformé — enlaidi. Il se sentait désorienté à l'intérieur de ses quatre murs. Son studio avait perdu sa magie de chambre obscure ; ce n'était plus qu'une boîte très ordinaire. Une vulgaire boîte de conserve. Tout s'y montrait sous un nouvel éclairage maintenant que la lumière du dehors entrait à plein chez lui. Mais ce flux de clarté, loin de rendre son logement plus agréable, le désolait plutôt. La lumière crue du jour révélait la saleté des murs et l'encrassement des tissus aux couleurs éteintes. Gabriel considéra d'un regard nouveau son appartement, et à la fin il s'avisa qu'il serait urgent d'entreprendre lessives et peintures.

Son intérêt pour l'évolution du chantier, anéanti par la disparition du Docteur Pierre, se reporta alors sur ses propres travaux. Il passait ses soirées et ses jours libres perché sur une échelle, le pinceau à la main. À la tombée de la nuit cependant, fatigué de jouer le peintre, il allait se délasser à sa fenêtre, contemplant le vrai ciel qui s'imposait dorénavant à lui. Mais ce vrai ciel ne l'intéressait guère. Des débris des songes anciens du Docteur Pierre s'attardaient encore çà et là dans le chantier. Quelques pans de murs demeuraient, plantés comme des présentoirs où s'exposaient les traces du passé : restes de mosaïques bleues et blanches, tuyaux de douches à moitié arrachés, marches suspendues dans le vide, portes de cabines grinçant dans leurs gonds rouillés. Il restait même un miroir accroché sur l'un de ces pans ; ne s'y réfléchissait plus que le vol indifférent des pigeons.

Le plus remarquable de tous ces vestiges était la piscine, béante et insolite au milieu de ce terrain vague. De l'eau de pluie et de neige fondue y croupissait en flaques boueuses. Les arbres et les bancs de l'ancienne petite place n'avaient pas encore été arrachés. Des baraques en tôle ondulée et quelques cahutes en bois avaient été dressées dans les coins du chantier. C'était comme un hameau à l'abandon ; un hameau où aucun feu ne s'allumait la nuit, un hameau déserté. « Plus âme qui vive », se disait Gabriel. Le doux regard du Docteur Pierre était monté au ciel.

Gabriel dormait mal. Des crises d'asthme le réveillaient souvent au milieu de la nuit. Quand la soif d'air se faisait trop pénible, il se levait. Il reprenait alors sa faction derrière sa fenêtre. Ce fut ainsi qu'il repéra les insomniaques de l'immeuble dressé de l'autre côté du chantier. Jusque vers dix ou onze heures, la majorité des fenêtres s'éclairait de ce bleu sans éclat ni relief que diffusent les écrans de télévision, puis l'obscurité noyait les façades. Gabriel allait lui-même tenter sa chance de dormir. Mais lorsqu'il se relevait, il découvrait les fenêtres des noctambules. Elles découpaient dans la façade sombre leurs rectangles orangés. Il y en avait d'occasionnelles, mais celles qui retenaient l'intérêt de Gabriel étaient les permanentes.

Parmi celles-ci, la plus étonnante était celle du troisième étage. À partir de minuit, un petit vieux ouvrait sa fenêtre à la cadence de toutes les demi-heures, quel que soit le temps, et venait battre ses tapis, ses oreillers, coussins et couvertures. Il surgissait toujours brusquement, se penchait avec une raideur d'automate vers la rue, tournait sa tête imperturbablement coiffée d'un béret bleu à droite et à gauche, puis jetait par-dessus le rebord de la fenêtre un de ses objets, coussin ou tissu, qu'il se mettait alors à battre, à brosser, à lisser. Il le laissait ensuite prendre l'air quelques minutes pendant lesquelles il disparaissait, puis revenait le retirer, refermait la fenêtre. Une demi-heure plus tard il recommençait. Il semblait posséder un trésor de chiffons, pièces de literie, housses et tapis. Le plus bel élément de sa collection était un gros édredon recouvert d'une étoffe jaune sombre, dorée. Cet édredon étalé dans le vide faisait une tache magnifique contre la nuit ; cette grande tache d'or évoquait à Gabriel tantôt la peau d'une étoile morte, tantôt l'exuvie de quelque énorme reptile, tantôt une coulée d'ambre fondu. Peut-être d'ailleurs était-il quelque peu alchimiste, ce vieux maniaque au béret, et recherchait-il à sa façon le secret de la nuit. Peut-être recueillait-il ainsi la poussière des étoiles, l'éclat froid de la lune, la rumeur de la ville traversée par les confus murmures des songes venus visiter les dormeurs, et s'efforçait-il ensuite d'en distiller de l'or, du rêve et des vibrations de silence.

Deux autres fenêtres intriguaient Gabriel. L'une au premier étage, l'autre au septième. Celle du premier était en permanence colorée par la froide lueur bleue d'un écran de télévision ; le locataire de cet appartement laissait son poste allumé toute la nuit. Autant cette clarté bleuâtre semblait fade et stérile lorsqu'elle gangrenait l'ensemble des façades, autant elle devenait troublante lorsqu'elle ne tachait qu'une unique fenêtre. Un petit pan de bleu clair suspendu dans l'obscurité, un petit bout d'azur artificiel accroché sur la pierre plombée de nuit, comme un fanal. Fanal de solitude, de détresse. Quelqu'un là-bas ne parvenait pas à trouver le sommeil, le repos, l'oubli. Quelqu'un tuait le temps assis devant un écran vide, grésillant. Quelqu'un trompait sa peur de la nuit, son ennui, à la clarté d'un faux jour. Quelqu'un attendait, nuit après nuit ; attendait sans savoir quoi. Quelqu'un attendait, qui n'avait plus rien ni personne à attendre. Mais Gabriel sentait bien qu'il n'agissait lui-même pas autrement que ce téléspectateur fou, rivé à son écran, que ce naufragé de la nuit crispé sur son radeau de lumière bleuâtre.

Gabriel montait sa propre garde, tout aussi insensée et chagrine, au créneau de sa chambre dont on avait dévasté la vue familière. Il égrenait les lentes heures de l'insomnie et de l'étouffement en scrutant les écrans et les cadres offerts à son regard. Mais aucun ne jouait pour lui le rôle d'ange gardien si longtemps tenu par le paisible Docteur Pierre. Désormais il vivait dans un total abandon, à découvert. Tous ces écrans restaient lointains, tous ces cadres aveugles. Ils esquissaient simplement les repères d'un informe territoire disséminé à travers la ville — celui de la communauté en archipel des solitaires insomniaques.

La fenêtre du septième étage, située juste sous le toit, était plus capricieuse que les deux autres. Elle n'avait pas le rythme d'une métronimique régularité de la fenêtre de l'homme aux tapis et édredons, ni la permanence têtue de la fenêtre bleue. Elle s'allumait de façon impromptue et pour des laps de temps variables. De plus elle comportait un décor. C'était une porte-fenêtre qui donnait sur un étroit balcon surplombé d'un auvent composé de minces lattes de bois. Et ce balcon était encombré de tout un étrange fatras. Mais Gabriel distinguait mal les éléments de ce bric-à-brac. Il repéra une cabane de toile, ou une tente, dressée dans un coin, un fauteuil à haut dossier planté parmi des monceaux de caisses, de sacs, de cageots, et une corde à linge. Le propriétaire de tout ce fouillis surgissait à n'importe quelle heure de la nuit sur son balcon, et semblait à chaque fois requis par une grave et urgente occupation. Il se penchait en gesticulant au-dessus de ses caisses, ou bien s'engouffrait sous l'espèce de tente, ou encore venait pendre ou dépendre du linge. Parfois il s'asseyait un instant dans son fauteuil à bascule. Mais il ne tenait pas en place. Sitôt assis il se relevait comme s'il était propulsé hors de son siège, et se hâtait de rentrer dans son appartement ou sous la tente, ou bien de retourner parmi ses caisses. Gabriel ne parvenait pas à voir le visage de cet homme, il n'apercevait que sa silhouette qui lui parut trapue. Malgré la distance il lui trouva une allure de vieux marin en exil sur la terre ferme, ou d'homme des bois s'inventant une jungle miniature entre béton et cheminées. Une allure de Robinson naufragé sous les toits de la ville.

Ces trois fenêtres occupaient désormais l'attention de Gabriel laissée en friche par la disparition du Docteur Pierre. Son attention nocturne, car c'était de cette disparition que dataient le réveil de son vieux mal, et avec lui les crises d'insomnie. Sa vie diurne n'avait pas changé, si ce n'est qu'il traînait une fatigue croissante tout au long du jour, et qu'il prenait sans cesse plus en dégoût son métier de faiseur d'images-souvenirs.

Il observait les autres, par désœuvrement, par habitude de rêvasser derrière ses vitres. Mais lui, qui le voyait ? Il n'allumait jamais la lumière lorsqu'il se relevait la nuit, chassé de son lit par ces sursauts de soif d'air. Il se glissait à pas lents jusqu'à la fenêtre, emmitouflé dans sa couverture bleu ardoise, rouvrait les volets, aspirait l'air du dehors avec avidité, avec douleur, puis demeurait un long moment dans l'embrasure de sa fenêtre éteinte. Il appuyait son front contre la vitre, et regardait. Il regardait ce qui lui était donné à voir. Son ancien cadre avait éclaté, l'image familière et aimée avait disparu — restait le contexte si longtemps caché de cette image perdue. D'autres immeubles pareils au sien, d'autres individus pareils à lui. Et parmi eux, ces trois noctambules de la maison d'en face.

Séquence 11

Autrefois il avait aimé les contes. Sa grand-mère avait enluminé son enfance de légendes et de récits fabuleux. Mais les contes sont des histoires, or il avait banni les histoires de sa vie, parce que sa vie depuis longtemps avait cessé de comporter une histoire. Parce qu'il avait basculé en deçà du mouvement de la vie. Dorénavant il préférait les simples livres d'images ; il avait régressé au niveau le plus simple, celui du regard enfantin qui s'enchante d'un rien, et qui l'instant d'après oublie déjà, distrait par autre chose. La douleur, de la sorte, n'a pas le temps de prendre racine.

Le balcon de Robinson lui rappela un livre d'images que sa grand-mère lui avait offert un matin pour le consoler d'avoir perdu sa première dent de lait. Un livre de petit format à couverture cartonnée ; la maison d'édition s'appelait Cocorico et le livre s'intitulait *Le Chien matelot*. Il montrait un petit chien blanc taché de roux qui était né en mer au cœur d'une tempête, et qui n'avait jamais quitté la mer. Hublot était son nom. Et Hublot, le chien marin, avait fait un jour naufrage sur une île déserte. Alors il s'était bâti une maison avec des morceaux d'épaves ramassés sur la grève. Il se nourrissait de poissons qu'il allait pêcher dans une rivière, et dormait sur un lit de branches de pin. Puis Hublot avait réparé son bateau et repris la mer. Il avait accosté à un port étranger, quelque part en Afrique. Là il avait acheté des vêtements neufs, un chapeau et des souliers blancs, et un plein panier d'oranges. Gabriel se souvenait de cette image — Hublot dans le magasin au sol jonché de babouches, et le gros panier d'oranges. Puis Hublot était reparti sur son rafiot à coque rouge, sa voile brune rapiécée de morceaux de couleur toute gonflée de vent du large, ses lampes tempête se balançant aux cordages comme de grosses lucioles. Et il chantait dans la tourmente.

Gabriel finit par identifier le bonhomme du septième au chien matelot, et il le surnomma Hublot. Un homme-chien, un chien marin, naufragé à flanc d'immeuble sur un tout petit bout d'île suspendue.

Hublot le chien matelot possédait une longue-vue pour inspecter l'horizon, le ciel, les étoiles. Gabriel s'acheta une paire de jumelles. Puisqu'on lui avait volé sa vue frontale, proche et familière, et qu'il ne disposait plus dorénavant que d'une perspective en retrait, plus ample et diverse, il lui fallait accorder son regard à ces nouvelles dimensions du visible. Il prit l'habitude de passer ses heures de vigie nocturne muni de ses jumelles. Cela n'était nullement de l'indiscrétion de sa part, mais une simple nécessité. Lorsqu'il retournait se coucher, il rangeait les jumelles dans leur étui de cuir qu'il accrochait à la poignée de la fenêtre.

Grâce à ses jumelles il put observer plus en détail le locataire Hublot ainsi que son îlot suspendu. Gabriel s'attendait presque à découvrir un bonhomme à tête de chien ; une brave tête ébouriffée avec des yeux tout ronds et un petit museau noir et brillant. Mais le bonhomme Hublot n'avait rien de canin. S'il évoquait un animal, c'était plutôt un éléphant. Il avait des oreilles prodigieusement décollées, et larges. Quant au fouillis qui encombrait le balcon, c'était un bric-à-brac très ordinaire. Un grand parasol jaune, replié et enroulé dans une housse de plastique, était posé bien droit dans un angle derrière un amas de caisses et de cartons. La tente était en fait une sorte de cahute de la dimension d'une armoire ; une bâche de toile goudronnée vert kaki recouvrait une simple charpente de bois. Elle s'adossait à la cloison qui séparait ce balcon du voisin. Une ruche de bois au toit plat en tôle ondulée était accrochée près de la porte-fenêtre, au-dessus d'une planche installée sur des tréteaux. Cette planche ployait sous le poids d'innombrables bacs et pots de fleurs ; dessous s'empilaient des sacs de terreau, des seaux, des arrosoirs de faïence. Une cage à oiseau faisait pendant à la ruche, de l'autre côté de la porte. Elle était vide. Une corde à linge hérissée de pinces de plastique aux couleurs vives — rose fuchsia, bleu électrique, vert pomme et jaune citron — était tendue d'une cloison à l'autre. Des mouchoirs à carreaux y pendaient. Une pyramide de bocaux et de conserves s'élevait, et penchait, dans un coin. Au milieu de tout ce ramas trônait un vieux fauteuil à bascule en rotin. De temps à autre Hublot s'y asseyait, s'y balançait en tirant quelques bouffées d'une cigarette. Mais ce bercement ne suffisait jamais à le calmer. D'un coup de reins il ressautait sur ses pieds et se relançait dans ses activités de fouille. Gabriel ne parvenait pas à saisir le sens de toute cette agitation fébrile, ni à pénétrer du regard sous la lourde bâche verte. Peut-être Hublot y cultivait-il un oranger, un grenadier, ou bien un amandier ou un hibiscus à fleurs vermeilles ! Il ouvrirait un matin les pans de la bâche et alors surgirait l'arbre paré de ses fleurs lumineuses, ou de ses fruits mûrs, globes parfaits clos sur une chair humide, savoureuse. Peut-être Hublot y gardait-il la grande figure de proue en bois sculpté rehaussé de peinture et d'or, qui ornait autrefois son bateau ; la figure de proue rescapée du naufrage qui avait mis fin à ses vagabondages en mer. Ou bien y cachait-il le corps momifié de la sirène qui avait naufragé son bateau ? Un corps d'ondine arraché à la mer.

Lui-même, Gabriel, avait été saisi à la gorge par la main d'une invisible ondine tandis qu'il nageait au fond de l'eau en quête d'images à remonter à la lumière. Elle l'avait serré tout doucement, avec tendresse presque, jusqu'à l'étouffement. Elle l'avait chassé hors de la mer, exilé loin des fonds resplendissants, des forêts d'algues et de coraux. Il avait fui. Mais elle avait reparu, l'invisible sirène, l'ondine naufrageuse ; elle l'avait poursuivi jusque sur la terre, s'était glissée dans le corps d'Agathe, s'était parée de la nudité d'Agathe. Elle l'avait regardé à travers les yeux d'Agathe, ces yeux pers, moirés, aux paupières effilées. Et elle l'avait une fois encore chassé — hors du corps d'Agathe. Agathe l'infidèle. Elle l'avait exilé loin du corps de toutes les femmes. Allait-elle reparaître une troisième fois ? Là, soudain, de dessous la bâche verte dressée sur le radeau suspendu où ne cessait de s'agiter Hublot ? Pouvait-elle l'exiler une troisième fois ? Mais où ? Il ne lui restait rien. Vers quel plus abrupt désert aurait-elle pu l'exiler à nouveau ?

Le désert était là. Il l'habitait, enveloppé d'oubli, de solitude, d'ennui, depuis près de quinze ans. Mais il était vrai que ce désert s'était étendu avec la disparition du Docteur Pierre. Gabriel y vivait moins en reclus ; l'écroulement du mur, de la fresque, l'avait mis à découvert. Il avait la prudence de se tenir dans l'ombre, jamais il n'allumait la lumière, la nuit, pendant ses heures de vigie, comme les autres noctambules. Il se dérobait aux regards des autres. Aux regards des sirènes. Mais le plus grand danger résidait-il dans le fait d'être vu, ou dans celui de voir ?

Séquence 12

Dès que s'ouvrait la fenêtre du troisième étage, celle du vieux aux chiffons, Gabriel braquait aussitôt ses jumelles dans sa direction. Il espérait toujours voir surgir le bel édredon jaune. La vue de ce simple édredon émouvait Gabriel, il lui semblait que quelque chose du sourire du Docteur Pierre transparaissait dans les flottements et les reflets du satin doré. Quelque chose d'indéfinissable de ce sourire à présent disparu, mais encore irrésolu à la mort.

L'homme avait des gestes très précis, rapides, saccadés presque. Il se penchait chaque fois avec raideur à sa fenêtre pour inspecter la rue, puis balançait par-dessus le rebord la couverture ou le coussin dont l'heure avait sonné de prendre l'air. Il le secouait, le tapait, le caressait. Gabriel hésitait — ce drôle de petit homme agissait-il comme un marionnettiste agitant ses personnages de tissu, ou n'était-il pas lui-même une marionnette dotée d'un mécanisme rigoureusement réglé ? Son visage demeurait toujours impassible. Gabriel l'examina attentivement : un visage mince, assez osseux, au teint très blanc. Un visage et des mains qui eussent pu être de cire, ou de bois blanc poli. Il portait des lunettes rondes cerclées de métal. Mais tout en lui était tellement fixe que Gabriel se demandait si cet homme possédait un regard de vivant derrière ces ronds de verre. Ce qui était sûr, c'était que dans sa maniaquerie ce petit homme avait du génie. Le moindre tissu qu'il exhibait prenait entre ses mains une beauté troublante, trouait la nuit d'un halo de couleur sombre, comme l'ombre, si dense et légère à la fois, qui tremble sous les roses.

Une nuit la fenêtre du chiffonnier-magicien s'ouvrit brusquement, et un long tapis se déroula aussitôt dans le vide. C'était un tapis de laine soyeuse à fond rouge vif orné d'un motif blanc de forme géométrique. Gabriel observa un moment le tapis avant de découvrir que le dessin représentait un chandelier à sept branches stylisé jusqu'à l'épure. Ce chandelier portait sept bougies rigides de tailles différentes. L'ensemble formait une sorte de pyramide. Les mèches des bougies n'étaient pas allumées ; elles se dressaient, aiguës et droites. Le chiffonnier-magicien reparut bientôt ; il se pencha à nouveau par la fenêtre et se mit à caresser avec douceur le tapis, comme pour en éprouver la texture, et il le tapota encore un peu. Gabriel attendait — et si le vieux, du bout de ses doigts minces couleur de cire, allait allumer d'un seul coup les sept cierges de la Menorah ? La nuit était noire, glacée. Une fine couche de verglas vernissait les trottoirs, les arbres, la terre du chantier. Un éclat sourd hantait la ville. Comme l'éclat d'une attente indéfinie, vide d'objet, mais extrême dans sa tension. Gabriel ressentait cette attente, la nudité, la démesure, le froid de cette attente.

« Aaron disposera les lampes sur le candélabre pur. » Devant le rideau du Témoignage dans la Tente du Rendez-vous, le grand prêtre Aaron allumera les flammes. Gabriel eut soudain cette image. Elle lui traversa l'esprit vivement, avec violence. Une image qui n'existait pas ; une image promise, annoncée par des mots. Par des mots millénaires. Une image au futur. Un futur aussi éternel qu'imminent. Mais lui, d'un coup, face à ce simple tapis, se sentit projeté sur l'extrême rebord du temps, comme si l'éternité était sur le point d'arriver.

Gabriel attendait que s'allument les mèches, que s'élancent les flammes. Il attendait, le cœur battant, un miracle de flammes blanches. Il attendait, le cœur serré, que se retourne la nuit, qu'éclate le ciel et se craque la terre sous l'étreinte du froid, sous la poussée des flammes. Le glacial et le brûlant s'étaient confondus en une unique sensation ; il éprouvait dans sa chair, dans sa gorge et son cœur, une sensation lumineuse et acide. Mais le petit vieux aux bésicles retira le tapis d'un coup sec et étendit à sa place une couverture de laine à carreaux couleur de feuilles mortes. Toute la splendeur, et l'étrange terreur, qui un instant avaient transpercé la nuit, refluèrent. Restaient une froide nuit d'hiver figée au-dessus d'un quartier ordinaire, un faible halo de lune qui tremblotait au-dessus du grand trou du chantier. Restait un profond désarroi. La nudité et l'âpreté de sa solitude parurent soudain palpables à Gabriel, elles se firent crissantes sous ses ongles et ses dents.

Le nom d'Aaron demeura pour lui attaché à cet homme qui se révélait être, sous ses allures de vieux maniaque un peu loufoque, bien davantage qu'un prestidigitateur, il provoquait moins des illusions que des enchantements. Il lançait des sortilèges. C'était la poussière des siècles qu'il répandait sur la ville endormie en secouant ses tapis, c'étaient les cendres d'une mémoire sacrée, à jamais incandescente. C'était le temps lui-même qu'il époussetait, qu'il battait ; la peau du temps, comme un tambour. La peau du temps, par lambeaux de couleurs. La peau du temps qu'il laissait flotter dans la nuit, qu'il faisait claquer dans le vide, comme des ailes d'ange, négligemment. Insensément.

Cette nuit-là Gabriel ne put trouver le sommeil, fût-ce un instant. La blancheur du candélabre continuait à éblouir ses paupières ; il lui semblait que le givre qui recouvrait la terre et les trottoirs, les branches nues et les toits, s'était aussi déposé sur ses yeux. Et le froid coupant de la nuit s'était glissé en lui. Le souffle lui manquait. Il demeurait assis dans son lit, adossé à un amas d'oreillers. Les multiples menus bruits qui craquettent toujours dans le silence de la nuit résonnaient avec une exaspérante netteté à ses oreilles. Il se releva et alluma la radio. Après une longue suite de grésillements il finit par trouver une station qui diffusait de la musique. On jouait le troisième mouvement du quatuor *Rosamunde*. Après quelques instants il lui sembla que son souffle s'apaisait. Son souffle s'accordait au rythme de la musique, plus précisément à celui du violoncelle. Une mélodie de mélancolie pure, un admirable équilibre entre douceur et gravité. Mais la musique cessa bientôt. La voix d'un récitant se leva ; la musique ne faisait que scander la lecture d'une pièce radiophonique. Gabriel ne voulait pas entendre parler, ne voulait surtout pas entendre raconter une histoire, mais il ne trouva pas le courage de se relever pour aller éteindre son poste. Et malgré lui, il écouta. Il s'agissait d'une adaptation d'une nouvelle de Tchekhov. Un jeune homme de la ville, en vacances à la campagne, s'amuse à chuchoter à l'oreille d'une jouvencelle qu'il sait éprise de lui trois petits mots pleins d'insouciance : « Je vous aime. » Mais il ne lui murmure ces doux mots que lorsqu'ils sont tous les deux installés sur une luge, en train de dévaler à vive allure une pente verglacée, et que le vent siffle à leurs tempes. La jeune fille s'étonne, et bientôt s'émerveille. Mais elle ne parvient pas à savoir si ces mots enchanteurs qu'elle croit entendre sont effectivement prononcés par son compagnon, ou si c'est le vent qui l'abuse. Alors, malgré la terreur que lui inspire la luge lancée à toute vitesse le long de la pente abrupte, elle recommence la glissade. Chaque jour elle surmonte sa frayeur et demande au garçon de l'accompagner, et chaque jour celui-ci répète le même jeu. Dès que le vent siffle à leurs oreilles, il chuchote les trois mots magiques, tout en prenant bien soin que sa compagne ne le voie pas les prononcer. Mais elle ne voit rien. Tous ses sens sont glacés par la peur que la luge ne se renverse, et toute son attention est tendue dans l'écoute. Lorsque la luge s'immobilise enfin au bas de la colline, l'amoureuse, livide, au bord des larmes, se tourne vers son compagnon avec un regard suppliant dans l'espoir d'un aveu qui ne lui laisserait enfin plus de doutes. Lui affiche à chaque fois un air désinvolte, une courtoise indifférence. Ce jeu dure tout l'hiver. Puis vient la fonte des neiges, et les parties de luge s'achèvent. Le jeune homme s'en va, il retourne à la ville. Mais l'illusion a si vivement troublé la jeune fille, et l'incertitude continue à tant lui brûler le cœur, qu'elle revient chaque jour sur les mêmes lieux. Sur les lieux où son amour prit souffle, et son désir élan. Elle reste là, debout sur la colline qui déjà reverdit ; elle écoute. Elle s'obstine à essayer de savoir. Était-ce le vent, ou bien le jeune homme qui lui murmurait : « Je vous aime... » ?

La voix du récitant glissait, légère, dans la chambre. Elle déclinait jusqu'à la plus extrême ténuité pour moduler les mots « Je vous aime..., je vous aime..., je vous aime... », imperceptible refrain qui rythmait le récit. Un sifflement, à peine, qu'aiguisait le vent, et puis qui se mourait dans la reprise du troisième mouvement du quatuor de Schubert. Trois petits mots à bout de souffle qui se répercutaient en écho à l'infini, dans le jeu haletant du violoncelle, dans le silence de la nuit, dans la poitrine oppressée de Gabriel.

Séquence 13

« Je vous aime... » Mots de si peu de poids qui sifflent dans le vent, chuintent comme le vent, glissent de bouche en bouche, se transforment en larmes. Mots à l'encan dont le prix flambe dans les cœurs, et qui se rient des cœurs qui osèrent espérer les avoir acquis pour toujours. Jolis mots sorciers, jolis feux follets en course perpétuelle, en fuite, en cavale. Mots qui d'un coup se retournent, aigres, flanqués de deux impitoyables acolytes : « Je ne t'aime plus. »

Gabriel, adossé contre ses oreillers, fixait le vide d'un regard douloureux, comme la jeune fille prostrée sur la colline où l'herbe tendre du printemps déjà perçait la terre humide. Son regard se perdait dans le vide, dans le vide des mots. Et son cœur se serrait d'avoir été si ébloui par le leurre des mots, puis trahi à la mesure de cet éblouissement. Enfant, il avait soupçonné la possibilité de ce leurre, la gravité de ce mensonge : que les mots, peut-être, ne sont qu'artifice, jeu cruel, illusion. D'emblée il avait éprouvé de la méfiance à leur encontre. Lorsqu'il était allé à l'école et qu'il avait commencé à apprendre à lire et à écrire, il avait douté, et avait même pris peur. Tous ces mots nouveaux que le maître écrivait blanc sur noir au tableau, avec ce crissement de la craie, et qu'il lui fallait recopier noir sur blanc dans son cahier d'écriture, avec ce crissement de la plume sur le papier, avaient semé en lui le désarroi. Il y avait tant de mots — étaient-ils tous réels, avaient-ils tous vraiment un sens, et surtout, étaient-ils durables ? D'un coup de chiffon ou de brosse le maître les effaçait au tableau. Ils se fondaient alors en une vague nuée blanchâtre. Et lui, le petit Gabriel, il avait la bouche sèche, toute sèche, comme si la poussière de la craie venait se déposer sur sa langue.

Un soir, après l'école, tandis qu'il ouvrait son cahier d'écriture pour faire ses devoirs, assis près de la table dans la cuisine en face de sa grand-mère occupée à pétrir une boule de pâte, il avait éclaté en sanglots. « Eh bien, mon petit Gabriou, qu'est-ce qui te prend ? » avait demandé sa grand-mère déconcertée par cet abrupt accès de larmes. « Ce sont les mots ! »

avait-il hoqueté. « Les mots ? Quels mots ? — Tous ! Tous les mots ! — C'est parce que tu n'arrives pas encore à bien écrire, c'est pour ça que tu pleures ? — Mais non ! C'est parce que les mots sont méchants. » Elle avait ri. « Mais qu'est-ce que tu racontes, gros bêta ? Quel vilain mot a donc été méchant avec toi ? — Tous, tous ! Ceux que le maître écrit sur le tableau. D'abord, à quoi ils servent ? — Mais à parler, à dire des choses, plein de belles choses, pardi ! Avec quoi je te raconte des histoires chaque soir, hein ? Avec des mots, bien sûr ! — Toi, ce n'est pas pareil, avait-il répondu, entêté ; mais les mots du maître, sur le tableau, je ne les aime pas. Ils me font peur. » Elle avait ri encore, gaiement, et saupoudré la pâte de farine. Un petit nuage blanc, comme au tableau. « Tu vois, s'était-il alors écrié, les mots ils font comme ça ! Le maître les écrit et puis il les efface, et pfuit ! il n'y a plus rien. Ça fait tout blanc sur le tableau, et le maître aussi a les mains blanches avec la craie. Pourquoi il faut apprendre à écrire si c'est pour tout effacer après ? À quoi ça sert ? »

Avec patience, avec douceur, sa grand-mère s'était appliquée à le tranquilliser. Elle avait lu avec lui tous les mots écrits dans son cahier et lui avait assuré que chacun était vrai, que le maître ne se moquait pas de lui, que tous ces mots lui seraient utiles dans la vie.

Il avait perdu sa méfiance des mots, sa peur de leur étrangeté, de leur fugacité. Il avait appris les mots de tout le monde. Il avait même aimé les mots. Pendant un temps, il les avait aimés à la folie. Pendant le temps de son amour, ce temps où tout lui était joie, beauté, désir. Le temps d'Agathe.

Il y avait eu les années-Agathe. Années-lumière, si vastes, profondes. Il y avait eu les jours-Agathe, couleur de sa peau, lumineux. Agathe l'enjouée, la volubile. Il y avait eu les nuits-Agathe, elles avaient la douceur et l'odeur de sa peau. Agathe la tendre, la caressante. Il avait cru à tous ses mots, à tous ses rires et ses promesses. Il y avait la mer, il y avait tout ce visible à l'envers de l'eau, cette splendeur secrète, ces géographies béantes. Il y avait la terre, et la terre pour lui se nommait Agathe. Il y avait le bonheur. Et puis il y avait eu cela : sa grand-mère était morte, la mer s'était fermée, la terre avait perdu son nom, sa saveur. Et tous les mots s'étaient éteints. Nuée d'oiseaux qui s'envolent dans un nuage de poussière blanche. Tous les mots de l'amour, du bonheur, de la complicité, du partage, s'étaient perdus, s'étaient rancis.

L'émission radiophonique était finie depuis longtemps, le poste grésillait dans le silence. L'image du candélabre réaffleurait dans le vide ; chaque bougie dressée comme une grande craie blanche. Nulle lumière. Chaque bougie pointée comme un index vers un ciel désert. Et la douleur des mots, des mots qui ne tinrent pas parole. Goût de craie, âpre, dans la bouche.

Séquence 14

Le lendemain de cette nouvelle nuit d'insomnie, de cette longue nuit blanche au goût de craie, Gabriel ne se rendit pas à son travail. Il se sentait épuisé, ses mains tremblaient, il avait froid jusqu'au plus profond du corps. Il alla téléphoner de la poste pour prévenir la boutique Photofête de son absence, puis chercha dans l'annuaire un médecin dans le quartier. Un jour de repos ne pouvait lui suffire, un long congé lui était nécessaire. Il lui fallait au plus vite enrayer le retour de son vieux mal, calmer ses crises d'asthme, retrouver le sommeil, la paix de l'esprit. L'oubli.

Docteur René Déodat. Gabriel s'arrêta à ce nom ; la rue où demeurait ce médecin se situait tout près de chez lui. Il appela aussitôt. « Vous avez de la chance, lui dit la secrétaire, un patient vient juste d'annuler son rendez-vous. Vous pouvez donc venir ce matin, à 10 heures 30. » Il était juste 9 heures, mais Gabriel décida d'attendre dans la poste plutôt que de retourner chez lui. Il faisait chaud ici, et surtout il n'avait pas envie de bouger. Il s'assit sur un petit banc couvert de moleskine noire, près des pupitres où les annuaires étaient disposés. La chaleur, le bourdonnement des voix qui montaient des cabines, le bruit saccadé des tampons que les employés plaquaient sur les lettres et les mandats, le frou-frou de tout ce papier que l'on tournait, dépliait, repliait, feuilletait, l'engourdissaient peu à peu. « Tiens, voilà la toquée ! » Cette remarque que venait de lancer une jeune employée de derrière son guichet tira Gabriel de sa torpeur. Une femme d'une quarantaine d'années, trop menue pour l'épais manteau de fourrure qui l'enveloppait, s'avançait à travers la salle. L'employée qui l'avait qualifiée de toquée la suivait du regard d'un air amusé. La femme marchait drôlement, à petits pas mal assurés. Ses yeux brillaient d'un éclat trop intense, comme de fièvre. Il y avait de la violence dans ses yeux, mais nulle expression de colère ou de méchanceté. Une violence nue, contenue au plus secret du cœur. La violence d'un chagrin que rien, personne, n'avait su venir consoler. Gabriel détourna son regard ; la vague sensation de bien-être qu'il avait trouvée dans la chaleur de la poste s'évanouit d'un coup. « C'est toujours comme ça avec les yeux des femmes, pensa-t-il. La folie luit sous leurs paupières. »

La femme s'approcha de l'étalage des annuaires. Elle sembla hésiter un moment, puis saisit l'un des tomes, le posa devant elle, chercha la page à inspecter, la lissa fébrilement ; ensuite elle ouvrit son sac à main, en extirpa une loupe à manche d'ivoire, et se pencha sur la page. Elle faisait glisser très lentement la loupe le long des colonnes de noms, s'arrêtait parfois, plissant les yeux et le front comme si elle butait sur une grave question, un doute, ou peut-être un espoir, puis recommençait à balader sa loupe. « À quelle lettre peut-elle bien en être ? » souffla l'employée à sa collègue. « Depuis le temps qu'elle épluche les Bottin, répondit l'autre, elle doit avoir dépassé la lettre Z ! » Les deux jeunes filles rirent, après quoi elles détournèrent leur attention de la femme à la loupe. Gabriel, lui, s'il évitait de croiser le regard de la femme, observait cependant ses gestes avec curiosité. À présent il comprenait mieux la folie qu'il avait entrevue dans ses yeux, même s'il en ignorait la cause exacte. La femme recherchait un nom, un nom dont sa vie semblait dépendre. Cela suffit à rendre fou. Elle avait des mains très fines, un joli visage, mais fané, marqué par l'insomnie ; et aussi par l'alcool, pensa Gabriel. Il regarda la pendule. Il était déjà temps pour lui de se rendre à son rendez-vous chez le Docteur Déodat. Cela faisait près d'une heure que la femme à la loupe inspectait l'annuaire, elle n'avait tourné que trois pages pendant tout ce temps.

La matinée était belle, le ciel s'étendait très haut par-dessus les toits ; un grand ciel bleu vif. Le froid était aigu. Gabriel louvoya dans un labyrinthe de ruelles. La rue du Docteur Déodat était calme. Il poussa une lourde porte cochère en bois vernis, et pénétra dans une petite cour pavée. Insolite, un bouleau élançait son tronc mince, d'un blanc laiteux, dans un angle de la cour. Un chat roux montait la garde à son pied. À l'approche de Gabriel, le chat détala. « Si je vivais ici, se dit Gabriel, en un tel lieu calme et clos, je retrouverais la paix, le sommeil. Aucun bruit, nul passant, nulle tentation de regarder les fenêtres des autres. Seulement des pierres, un bouleau, et en été quelques roses trémières contre le mur. »

La secrétaire fit patienter un moment Gabriel dans un petit salon, puis l'introduisit dans le bureau du Docteur Déodat. Celui-ci lui dit de prendre place en face de lui, et lui posa les questions d'usage. Son âge, la chronique de ses maladies passées, sa profession, son appétit, ses selles et son sommeil. Le Docteur Déodat se tenait légèrement de profil, à contre-jour ; il parlait presque sans remuer les lèvres, d'une voix lente, un peu sourde. Le chat roux reparut ; il sauta sur le rebord extérieur de la fenêtre et colla son museau contre la vitre. Ses yeux, jaune orangé, étaient immenses, étincelants. Il sembla à Gabriel que le chat le fixait de derrière la fenêtre, et que c'était lui qui le questionnait. « Il est à vous, ce chat ? » demanda soudain Gabriel, angoissé par le regard de l'animal. Le Docteur Déodat tourna la tête vers la fenêtre. « Non, mais il semble se plaire dans cette cour. C'est une belle bête, n'est-ce pas ? » Puis il enchaîna, toujours du même ton lent et détaché : « Maintenant veuillez passer dans mon cabinet à côté, et vous déshabiller. Je vais vous ausculter. »

Lorsque Gabriel ressortit dans la cour, le chat avait disparu. Tout resplendissait de clarté froide, et belle : le ciel d'hiver, le bouleau blanc, les pavés, les vitres. Et cette clarté gagna l'humeur de Gabriel ; il se sentait heureux, libre. Il serrait dans sa poche le certificat médical et l'ordonnance que venait de lui délivrer le Docteur Déodat. Le certificat prescrivait un congé de maladie de quinze jours. En le lui remettant, le Docteur Déodat avait ajouté : « Si cela vous est possible, allez passer ces deux semaines dans le Midi. Vous avez besoin de soleil, de repos complet, de dépaysement. Ne restez pas enfermé chez vous ; vous dites qu'il y a des travaux dans votre rue, la poussière du chantier vous est néfaste, ainsi que le bruit. Et n'abusez pas des somnifères. Vous devez retrouver le sommeil par vous-même. » Gabriel se sentait léger comme un enfant qui part faire l'école buissonnière. Depuis qu'il avait trouvé refuge à l'ombre du mur de l'établissement de bains, jamais il n'avait quitté son logement, le désir de partir en vacances ne lui était jamais venu. À présent ce désir perçait en lui. Et ce désir croissait à chaque pas. Il allait partir, changer de ciel, changer d'air, changer de vue. Pendant quinze jours. Il allait oublier le chantier, le grand trou sous sa fenêtre, les lumières au loin des insomniaques et leurs loufoqueries. Il allait tout oublier, chasser ces retours de mémoire qui l'avaient assailli au cours de ces dernières semaines. Il allait retrouver le goût de vivre.

Il allait réinventer en lui le goût de vivre. « Un miracle ! se répétait Gabriel, fou de joie ; c'est un vrai miracle que ce Docteur Déodat vient de mettre en mouvement. Il m'a sorti de ma torpeur, il m'a montré la voie à suivre désormais. J'étais bien, à l'ombre de mon mur, mais puisque ce mur n'est plus, il est temps que je cherche un autre lieu où vivre. Je vais quitter Paris, m'en aller vers le sud, m'installer au soleil. C'est fini, Photofête, fini la course aux mariages et aux cérémonies, fini les visites aux petites dames ! » Dans son exaltation il perdait le sens du temps ; les quinze jours de congé que lui avait prescrits le médecin se dilataient, se démultipliaient, s'ouvraient à l'infini. Il se voyait déjà parti, il se rêvait déjà ailleurs. Un bel ailleurs plein de soleil. « Le désert », se dit-il.

Séquence 15

L'idée du désert s'empara de lui, brusquement. Le mot désert, à peine évoqué, nomma et accrut le désir d'évasion qui pour la première fois s'éveillait en lui. Les mots avaient perdu leur goût de craie et de poussière ; les mots venaient de prendre la saveur et l'éclat du sable, de la lumière, du vent. Les mots retrouvaient la magie qu'ils avaient eue autrefois dans la bouche de sa grand-mère. L'un des multiples contes qu'elle lui racontait dans son enfance lui revint en mémoire. Un drôle de petit bonhomme, si minuscule qu'il tenait dans le creux d'une main, se rebella un jour contre le tyran qui opprimait son pays et réduisait tous ses sujets à la misère, à la désolation. Ce moucheron d'homme possédait à lui seul plus d'imagination et d'astuce que tous les habitants du royaume. « Il faut conduire le malheur au mitan du désert, et l'y laisser périr. Il faut brûler le malheur dans le feu éternel des sables », décréta-t-il. Ce qu'il fit. Grâce à sa ruse, il parvint à attirer le tyran au cœur du désert, et à l'y perdre. Alors le malheur quitta pour toujours le pays et les hommes retrouvèrent la liberté, la joie, le goût de vivre. « Voilà, se dit Gabriel, moi aussi je vais mener mon malheur au désert, je vais l'égarer dans les sables, l'y enfouir. Après, j'aurai la force de tout recommencer. »

Il entra dans la première agence de voyages qu'il rencontra sur son chemin. Il collecta tous les prospectus et les catalogues où figurait le désert. Dans sa hâte de les feuilleter à loisir il décida de faire une pause dans un bistrot ; il aurait bien le temps ensuite de passer à la pharmacie. Il poussa la porte du café Nimrod, un vieux bistrot qui lui plaisait car il était tranquille, meublé encore de tables et de chaises en bois sombre, et on y servait d'excellents chocolats chauds. Il y avait longtemps qu'il ne s'était accordé le plaisir de venir y passer un moment. Il s'installa à une petite table située près d'un pan de mur recouvert d'une glace et étala son butin. Il ouvrit un catalogue sur le Maroc. Chaque page glorifiait une nouvelle splendeur, celle des villes impériales, avec leurs palais, leurs jardins andalous, leurs murailles, leurs mausolées et leurs lieux saints ; celle des plages immenses, des oasis présahariennes, celle des vergers d'orangers, des palmeraies, et celle du soleil, enfin ; chaque page était éblouie de soleil. Il s'arrêta sur une photographie : un enfant debout contre un mur de pisé ocre ; il est vêtu d'un simple short beige, il tient une orange dans ses mains ; il rit. Il rit comme Gabriel n'a jamais vu rire un enfant, un homme. La beauté de cet enfant est si vivace qu'elle soulève l'image, crève la lourde laque de clinquant qui banalise chaque photo du luxueux catalogue. La beauté de l'enfant claque dans l'image comme un drap dans le vent, un drap arraché par le vent, un drap qui s'envole et se tord dans le bleu pur du ciel, un drap devenu la peau même du vent, un drap où vibre la lumière, un drap qui réfléchit l'incandescence des sables du désert. La beauté de l'enfant ne se laisse pas contenir, elle éclate hors des lignes, des formes, des couleurs. Elle est une force brute, étincelante. Une force qui rit. Et l'orange dans ses mains brunes n'en finit pas de mûrir, de mûrir dans la bouche, dans les yeux, de rouler dans le corps, et d'attiser la faim, la soif. Le rire de l'enfant gonfle l'écorce de l'orange, luit dans sa pulpe. Le rire de l'enfant est celui d'un djinn dont le cœur est une orange d'or et de feu cueillie dans le verger du plus beau des mirages.

La beauté de l'enfant s'engouffra en Gabriel, vint frapper à ses tempes, à son front, l'orange roula jusqu'à son cœur. Le rire de l'enfant aux grands yeux noirs retentit dans le corps de Gabriel, et en appela à l'enfant qu'il fût lui-même. Mais un tel enfant, il ne fut jamais. Il était un enfant fragile, qu'un rien suffisait à porter au bord des larmes. Un enfant qui avait peur des mots, peur des adultes, peur de la nuit. Un enfant qui manquait de souffle, que le printemps rendait malade. Un enfant qui ne vivait que dans l'espace des contes ouvert par sa grand-mère. Et l'enfant qu'il avait été entendait le rire de l'enfant debout aux portes du désert, il écoutait ce rire splendide, il tombait amoureux de ce rire au goût d'orange, couleur de sable. L'enfant qu'il avait été se relevait, il traversait l'étendue de son âge, il sautait par-dessus les années ; par-dessus les années-Agathe, par-dessus les années mortes de l'abandon, de la solitude. Il courait. L'enfant qu'il avait été courait vers l'enfant qui riait.

Séquence 16

« C'est le désert, n'est-ce pas ? » Gabriel sursauta. Une femme se tenait tout près de lui, légèrement penchée au-dessus de la table. Il ne l'avait pas vue s'approcher, comme si elle avait traversé le miroir en silence. Elle regardait le catalogue ouvert. Non pas la photo de l'enfant à l'orange, mais celle de la page voisine. Une photo de dunes rousses dans le désert du Sud marocain. Gabriel reconnut la femme, c'était celle de la poste. « C'est le désert... », répéta-t-elle à mi-voix, tendant, à peine, une main vers la page, comme si elle voulait la toucher du bout des doigts. Toucher le sable et la lumière. Sa main tremblait. Ses lèvres aussi tremblaient. Gabriel ne savait que répondre ; la femme n'avait pas vraiment posé une question, elle psalmodiait le mot « désert ». « Vous connaissez ? » finit-il par dire, juste pour rompre le silence murmurant où semblait s'enfoncer la femme. Elle leva les yeux vers lui. « Oui... enfin non... je ne sais pas... » balbutia-t-elle. Elle se tut un moment, l'air songeur, puis elle reprit : « Avec le désert, on ne sait jamais. On croit y être parvenu, on n'est encore qu'à son seuil. On croit être à ses confins, on est à sa lisière. On croit que l'on va en sortir, on est perdu en son cœur. Mais, de toute façon, quoi que l'on fasse, on s'y perd toujours. Enfin, nous autres. Nous autres, les gens d'Europe, les Blancs des villes. » À nouveau elle se tut. Elle tenait son visage incliné vers une épaule. Son manteau de fourrure était terne, il avait perdu son lustre depuis longtemps. Il se dégageait de la femme une impression bizarre où se mêlaient l'élégance et le négligé, la violence et la vulnérabilité, la finesse et la folie. Par politesse Gabriel se sentit à la fin obligé de proposer à la femme de s'asseoir. « Je vous remercie », dit-elle avec douceur. Elle s'assit en face de lui. Le garçon vint poser un verre de gin devant elle, sans qu'elle eût encore rien commandé. Tandis qu'il la servait il adressa un clin d'œil goguenard à Gabriel, pour lui montrer que la femme était une habituée du café, et que lui, le serveur, il connaissait bien le penchant pour le gin de cette poivrote en vieille fourrure. Et lorsqu'il s'éloigna de la table, il se tapota la tempe du bout de l'index en souriant, pour préciser que l'élégante pocharde était en outre un peu maboule. Gabriel eut envie de dire à la femme dont on se moquait si grossièrement « Sortons ! », mais elle porta à ce moment son verre à ses lèvres et but avec lenteur. Alors il s'efforça de relancer la conversation amorcée : « Vous dites que vous ne connaissez pas le désert, mais vous semblez l'aimer cependant. » La femme reposa son verre. « L'aimer ? s'étonna-t-elle. Ah ! peut-être bien que je le déteste aussi ! » Elle se tut, puis ajouta : « Je vous l'ai dit. Avec le désert, on ne sait jamais. Si on y entre, si on en sort, si on l'aime ou si on le hait. » Elle vida son verre par petites gorgées. « Alors, finalement, que savez-vous du désert ? » tenta une fois encore Gabriel.

La femme faisait tourner son verre vide entre ses mains, il tintait sur le bois de la table. À la dernière question de Gabriel, elle fronça les sourcils, comme si cette question était difficile. « Connaissez-vous l'épopée de Gilgamesh ? » finit-elle par lui demander en guise de réponse. Il l'ignorait. « Gilgamesh était un roi infiniment puissant, et glorieux. Il était le roi d'Uruk. Il était même si prestigieux qu'il en oublia les limites humaines et commença à se comporter en terrible tyran. Alors les dieux décidèrent de le confronter à un rival pour rabattre un peu son orgueil. Mais comme il n'existait aucun mortel qui fût à la hauteur du fabuleux Gilgamesh et digne d'être son rival, les dieux durent l'inventer. Ils créèrent un homme doué d'une égale puissance, d'une force aussi surnaturelle, d'un semblable courage, mais autant Gilgamesh était raffiné, subtil, plein de culture, autant ce rival était fruste. Un primitif né dans le désert et qui avait grandi parmi les bêtes sauvages. Ce barbare s'appelait Enkidu. Lorsque Gilgamesh apprit qu'il existait un homme qui était son double, mais inversé, et qui seul était digne d'être son rival, il voulut aussitôt le rencontrer. Il n'envoya aucun soldat vers lui, mais délégua une courtisane nommée Shamhat, afin qu'elle séduise cette brute qui ne connaissait encore de l'amour que les accouplements avec les bêtes femelles du désert. Shamhat, dont le nom signifie “ Celle qui est lascive ”, rencontra Enkidu ; il fut séduit. Elle l'initia aux délices de l'amour. Pendant six jours et six nuits ils firent l'amour. Aux côtés de cette femme, contre le corps de cette femme, il apprit à devenir un homme. Alors les animaux se détournèrent de lui ; Enkidu n'était plus des leurs. Le regard d'Enkidu déjà avait changé, et son odeur aussi. Et sa voix, et ses gestes. Enkidu quitta le désert, il abandonna la compagnie des bêtes, il suivit la courtisane jusqu'à la ville. Il entra à Uruk. » Elle s'arrêta. « Et après ? » demanda Gabriel. « Après ? Eh bien l'histoire commence, la légende s'enflamme. Après viennent les hauts faits de l'épopée accomplis par Gilgamesh et Enkidu, ces deux héros inséparables, ces demi-dieux rivaux et frères. Après, après, il se passe beaucoup de choses. Beaucoup d'exploits, de luttes. Après il ne se passe rien. — Je ne vous comprends pas, dit Gabriel. Que se passe-t-il ensuite, quelque chose ou rien du tout ? — Beaucoup de choses, et rien en même temps. L'histoire finit quand elle commence. C'est comme le désert. — Pourquoi me la racontez-vous alors, s'il n'y a rien à raconter ? — Parce que c'est mon histoire. »

La femme ne cessait d'entrecouper son récit de longs silences. Et lorsqu'elle parlait, elle ne s'adressait pas vraiment à Gabriel. Elle parlait pour elle seule, elle parlait pour essayer de raconter une histoire impossible, une histoire qui n'en était pas une. Elle avait dû s'asseoir souvent à des tables d'inconnus et parler de la sorte à travers leurs visages, comme on lance sa voix dans des grottes ou des gorges afin que l'écho la porte au loin et la démultiplie. Gabriel vida sa tasse qui avait tout à fait refroidi et s'apprêta à payer. La femme semblait perdue dans son silence ; elle écoutait mourir au loin, très loin, du côté du royaume d'Uruk, l'écho de sa voix, de cette légende qui était son histoire. Mais elle aperçut le geste de Gabriel qui prenait les tickets sur la table et aussitôt elle se tourna vers le comptoir. Le serveur fit un signe de tête et l'instant d'après il apportait un nouveau verre. « Et monsieur ? » demanda-t-il à Gabriel. Il n'osa pas recommander un autre chocolat en face de cette femme qui buvait du gin en pleine matinée ; il commanda un café et un rhum. La femme se remit à parler : « Cette histoire a près de quatre mille ans, vous savez. — Et c'est la vôtre. — Et c'est la mienne », acquiesça-t-elle. « Et elle n'existe pas. » À cette dernière remarque de Gabriel, la femme réagit de façon inattendue ; elle se pencha vers lui par-dessus la table, les yeux soudain agrandis, et dit d'une voix plus sourde : « Mais je suis là, pourtant ! Ne me voyez-vous pas ? » Il la regarda, étonné. Il ne comprenait décidément rien aux extravagances de cette femme qui s'entêtait à parler tout en sombrant sans cesse dans le mutisme, qui ne semblait faire aucun cas de ses interlocuteurs de hasard, et qui dans le même temps exigeait de ces étrangers une attention extrême. Et il sentait que ses divagations n'étaient pas un délire, mais une souffrance. « Cette femme n'est pas folle, pensa-t-il ; c'est autre chose. » Il devinait qu'elle cherchait désespérément des mots, des images, des exemples, à la mesure du tourment qui la hantait. Tout comme elle recherchait un nom introuvable dans les pages des annuaires. « Je vous écoute », dit-il.

Alors elle reprit le fil perdu de son récit : « Shamhat, la courtisane, l'histoire l'oublie, n'en parle plus, sitôt qu'Enkidu pénètre à Uruk et rencontre Gilgamesh. Cependant Enkidu l'a aimée. C'est grâce à elle qu'il est devenu un homme. Et elle, l'histoire ne dit pas si elle l'a aimé, lui. L'histoire se tait, pourquoi ? — Peut-être parce qu'elle ne l'a pas aimé, elle n'a fait qu'accomplir la mission que lui avait confiée le roi d'Uruk. — Bien sûr que si, elle l'a aimé ! Comment ne pas tomber éperdument amoureuse d'Enkidu ? Gilgamesh lui-même fut séduit par lui ; la passion de Gilgamesh pour son rival, son double, son frère, ressemble à de l'amour. Les animaux eux-mêmes aimaient Enkidu. Le désert aimait Enkidu, et les dieux, les dieux aussi aimaient Enkidu. — Comment le savez-vous, puisque l'histoire ne parle pas de cela ? — Parce que c'est mon histoire. Je ne suis pas, je n'ai jamais été une courtisane, bien sûr. Mais je suis allée au désert, jusqu'aux portes du désert. C'était au désert d'Arabie, le pays de Gilgamesh. Un homme se tenait aux portes du désert, un homme qui ressemblait à Enkidu. J'ai vécu avec lui. Il était jeune, bien plus que moi. Mais sa jeunesse était si forte, était si belle, qu'elle ne semblait pas soumise au temps ; elle évoquait l'éternité. Vous comprenez ? » Gabriel ne put que répondre : « Oui, je comprends. » Il pensait au rire de l'enfant à l'orange, à cette splendeur d'enfance qui avait la couleur de la joie, l'odeur de la lumière ; il pensait à ce petit garçon aux yeux noirs qui semblait tenir l'éternité entre ses mains. La femme continua : « Je ne sais plus combien de temps j'ai vécu avec lui, là-bas ; comment pourrais-je le savoir, puisque le temps, là-bas, avait l'éternité des sables ? Peut-être cela a-t-il duré des siècles, peut-être cela ne fut que six jours et six nuits, comme Shamhat. Et comme Shamhat, je suis revenue vers la ville, ici, dans mon pays. Et lui est venu avec moi. Il a quitté l'ancien royaume de Gilgamesh, il a quitté l'éternité des sables. Mais alors sa jeunesse est devenue avide, impatiente. Et il a vu que j'étais vieille. L'éternité n'était plus sur nous, mais entre nous. Vous comprenez ? » Une fois encore Gabriel acquiesça. L'histoire que racontait la femme était celle de tant de gens ; elle était celle de Gabriel, elle était celle de tout le monde. Soudain l'éternité sépare ceux qu'elle a fait semblant d'unir. Mais la femme ne s'était pas résignée à cette banalité ; il lui fallait jeter sur son passé le sombre éclat d'une épopée, rare et splendide. Il lui fallait creuser, creuser sans fin dans sa mémoire, dans son amour et sa douleur — creuser des millénaires à rebours.

Séquence 17

La femme parla encore un long moment. Elle aurait pu parler sans fin. Elle ne cessait de confondre Enkidu et l'homme qu'elle avait rencontré aux portes du désert, Shamhat et elle-même, Uruk et Paris. Elle parlait de l'amour de Shamhat pour Enkidu, de la douleur de Shamhat abandonnée par Enkidu. Elle parlait du désert, elle disait que depuis ce temps-là, elle se heurtait contre les murs de la ville, qu'elle se sentait une étrangère dans sa propre ville. Elle voulait retourner là-bas, au désert. Mais avec lui, son Enkidu. Elle voulait refranchir avec lui le seuil magique du désert, fouler à nouveau le sable du seuil, la lumière du seuil. Elle voulait à nouveau se tenir sur le seuil de l'éternité. Mais elle devait retrouver Enkidu. Elle était sûre qu'il habitait quelque part dans la ville, elle ne savait pas où. Peut-être même vivait-il en dehors de la ville, dans une des banlieues. Elle ignorait le nom sous lequel il se cachait. Mais elle ne doutait pas qu'elle saurait le deviner, ce nom, sitôt qu'elle le lirait. « Je dois le retrouver, répétait-elle, il le faut. Je dois le retrouver avant qu'il ne soit trop tard, avant que la ville ne dévore sa jeunesse, ne lui vole sa beauté. Avant qu'il ne perde le chemin de l'éternité. C'est de ma faute, s'il a quitté sa terre, son seuil, sa lumière. Je dois le sauver, le reconduire chez lui. Voilà bientôt cinq ans que je le cherche. Vous comprenez ? »

La femme n'avait cessé de marteler son récit zigzagant, divagant, de cette lancinante question : « Vous comprenez ? » Elle avait martelé son histoire de cet appel, de ce cri sourd. Il ne lui suffisait pas qu'on l'écoutât, il lui fallait être comprise, être approuvée. À chaque fois Gabriel avait répondu oui. Un oui toujours plus étouffé. Il l'avait écoutée de bout en bout, et tout le temps il avait évité de croiser son regard, surtout lorsqu'elle se penchait vers lui pour s'assurer de son attention. Elle avait bu encore un gin, et lui un autre rhum. Il n'avait pas l'habitude de l'alcool, la tête lui tournait. Il s'était appliqué à ne fixer que leurs mains. Leurs mains à tous les deux, posées sur le bois sombre de la table, entre les verres et les tasses. Leurs mains trop blanches, leurs mains de citadin, leurs mains d'hiver. Leurs mains dont la peau déjà se fanait, et qui à tout instant tremblaient, ou s'agitaient, autour des verres, autour du vide, autour des mots. Leurs mains si nues dont les paumes étaient creusées de lignes brèves portaient la marque d'un destin à l'arrêt. Les lignes de leurs mains étaient depuis longtemps déjà sans lendemain, privées d'élan. Elles s'étaient tôt pétrifiées, enlisées dans les sables et le sel du plus aride des déserts. Le désert de l'amour, le seul désert qui leur fût vraiment donné d'habiter. Au cours de son long monologue, la femme avait évoqué l'instant où la détresse avait pris brutalement la relève d'Enkidu, le relais de l'amour.

Une nuit elle avait entendu la voix d'une femme gémir et haleter. La voix d'une femme qui scandait la montée du plaisir, qui rythmait la marche de l'abandon de soi, de la perte de soi. Marche toute de gloire et d'affolement à travers l'immensité d'un corps offert et partagé.

La voix de l'inconnue traversait les chambres, battait les murs, comme une eau vive, en crue, s'en vient frapper les pierres d'un quai. La voix montait à l'aigu, rayait le silence de la nuit de stridences toujours plus précipitées. La voix avait pénétré dans sa chambre, à elle, Shamhat ; la voix battait contre ses tempes — sang et fièvre. « Mais cela encore n'était rien, cela ne me faisait pas mal, d'entendre cette voix, cette impudeur du plaisir. Cette voix-là fut la mienne, elle est celle de toutes les femmes », avait dit Shamhat. Puis la voix s'était tue, celle de l'inconnue dont la bouche avait dû étouffer un dernier cri contre l'épaule ou la gorge de l'homme, et celle de Shamhat qui racontait ce cri. « Ce fut alors qu'il y eut l'autre cri, avait soudain repris Shamhat, le front baissé ; l'autre cri, unique. Celui de l'homme. Ce râle sourd. Alors j'ai eu mal. Alors moi aussi j'ai crié. De désespoir, de folie. Vous comprenez ? » Gabriel cette fois n'avait rien répondu. L'écho de tous ces cris évoqués par Shamhat avait rompu sa voix, avait serré sa gorge. Il avait compris avec trop de violence, avec trop de douleur, pour pouvoir répondre oui, fût-ce dans un murmure. Son propre corps, son corps d'amant mis un jour au rebut, son corps frappé de dérision, puis livré à l'oubli, à l'indifférence, comprenait ce que cela signifiait. Il connaissait la splendeur de ces cris, et plus encore la souffrance de ne plus les entendre et de ne plus les proférer, peau contre peau.

Peau contre peau, mains contre peau, bouche contre peau. Gabriel se savait exclu de cette infinie douceur, de ce plaisir émerveillant. Il comprenait comment la folie avait fait son entrée dans le cœur de Shamhat ; Shamhat, « la Lascive ». Ce n'était pas la voix d'une autre femme gémissant de plaisir de l'autre côté du mur, tandis qu'elle-même se taisait dans le froid âpre de sa solitude et de l'ennui, qui l'avait d'un coup tant blessée. C'était la voix de l'homme, le cri rauque monté des reins, du ventre, des entrailles d'un homme en train de jouir. Ce cri qui pour elle avait l'odeur et la peau d'Enkidu. Ce cri que plus jamais il ne proférerait contre elle, grâce à elle, pour elle. Ce cri qu'il s'en était allé porter ailleurs, contre la gorge de femmes plus jeunes, plus légères de cœur et de regard. Shamhat avait perdu son reste de raison lorsqu'elle avait compris que l'homme qu'elle aimait ne viendrait plus, jamais plus, puiser en elle sa jouissance et lancer contre son corps ce beau râle de mort lascive. Alors tout l'éclat de son nom de légende, de son nom quatre fois millénaire, s'était plombé de ténèbres et de froid. La lumineuse vastitude du désert, à l'orée duquel la courtisane Shamhat s'était rendue sur les ordres du roi Gilgamesh pour séduire le sauvage Enkidu, s'était d'un coup défigurée en une plate étendue — en une terne enfilade de jours et de nuits vides. Enfilade d'heures rugueuses. Le désert s'était révélé illusion, la légende chimère, et l'amour fou mirage dérisoire. Le plus banal des mirages.

« Je dois aller », avait-elle dit soudain au détour d'un silence. Il n'avait pas bougé ; depuis qu'elle avait parlé de ce cri, tous les mots qu'elle proférait ne lui parvenaient plus que de loin, avec retard. Elle s'était levée, avait paru surprise d'apercevoir son propre reflet dans le miroir qui recouvrait le mur. Elle avait reboutonné son manteau face au miroir. Ses gestes étaient maladroits, nerveux. Elle semblait en fait bien davantage déçue que surprise de se voir telle dans la glace, de se voir là, dans un bistrot parisien, vêtue d'un lourd manteau d'hiver, flanquée d'un inconnu, alors que pendant presque deux heures elle avait marché vers le désert, marché sans trêve vers Enkidu.

Gabriel la regardait dans le miroir, et il pensait : « Elle va pleurer maintenant. » Elle avait une étrange moue d'enfant qui se retient de pleurer, ou de crier, de lancer des injures. Mais d'un coup elle s'était détournée, arrachée à son image, et elle avait traversé la salle très vite, avait ouvert la porte avec brusquerie, était sortie. Avait disparu. Elle ne lui avait pas dit au revoir, pas adressé le moindre signe. Gabriel ne s'était pas étonné de cette sortie précipitée, de cette fuite. Il avait attendu quelques instants encore avant de quitter le café à son tour. Et avant de partir il avait jeté un dernier coup d'œil vers le miroir mural. Il n'aurait pas été surpris d'y apercevoir encore le reflet de la femme ; elle était partie si brutalement, son image aurait bien pu se détacher d'elle et rester là à flotter, vague, comme une buée qui s'efface peu à peu. « Une buée, avait-il songé. Son visage était comme une buée, une brume. Comme un léger mirage dans la chaleur des sables. Ainsi font tous les visages, tous les regards. Ainsi a fini le Docteur Pierre, même lui. » Une buée qui s'efface dans un fracas de pierre et de béton. « Une buée, un mirage... », se répétait Gabriel en traversant la salle à son tour. Il se sentait tout engourdi ; il avançait en somnambule parmi les tables, se cognait contre les chaises. La chaleur du bistrot, les deux verres de rhum, et surtout le long monologue louvoyant que Shamhat avait tenu de sa voix sourde, l'avaient à moitié endormi. Il ne savait plus trop s'il rêvait ou marchait éveillé. C'était une confuse, étrange rêverie. « Une buée, un mirage... » Chacun n'avait été qu'un mirage aux yeux de l'autre. Un mirage venu se poser sur le bord d'une table de bistrot comme un léger oiseau de hasard. Un mirage levé au cœur, non du désert, mais du seul mot désert.

Était-ce du cœur, ou bien du seuil, ou des confins du mot désert, que ce mirage s'était levé ? Était-ce du mot, ou de l'image du désert ? « Avec le désert, on ne sait jamais », avait dit la femme.

Séquence 18

Sitôt qu'il poussa la porte du Nimrod et en franchit le seuil, Gabriel fut arraché à son état de torpeur, de rêverie, à sa lente dérive dans les remous des mots qu'avait semés la femme. À son enlisement dans la voix un peu rauque de Shamhat — voix de sable blanc. L'air glacé du dehors pétrifia tous les mots, leur résonance, leur lancinant murmure en lui. Il ressentit un bref coup au cœur. Le choc du froid qui d'emblée mordait la peau, les lèvres, embuait les yeux, coupait le souffle. Le choc du jour, de la lumière abrupte. Le choc de la rue avec ses passants, ses bruits heurtés. Le choc de sa solitude retrouvée, accusée, de sa fatigue à nouveau ressentie. Il enfonça les mains dans ses poches, la tête dans son col, et fila droit vers sa rue. Il avait oublié tous ses catalogues sur la table du café, mais il ne prit même pas conscience de cet oubli. De même il oublia de passer dans une pharmacie. Il oubliait tout en cet instant, ses projets, ses récentes résolutions, ses désirs de voyage. La femme avait anéanti le miracle accompli par le Docteur Déodat ; ce frêle miracle d'avoir un moment décidé d'échapper à la fadeur de son quotidien, de tenter une percée vers la vraie vie ; d'avoir rêvé à une échappée belle vers le désert. La femme avait soufflé sur le sable et la lumière du désert, de tous les déserts. Et le froid venait de briser à son tour l'image de la femme, de disperser au vent sa voix. Miracles et mirages éclataient dans le froid comme des écorces d'arbres sous la force du gel. La ville reprenait ses droits. Ses droits de dureté, de hâte, d'âpreté. Elle se dressait autour de lui avec ses façades, ses voitures, ses panneaux et ses feux ; avec ses innombrables remparts de pierre, de vitres, de métal, de néons. Il n'était plus à nouveau qu'un homme minime qui se dépêchait de rentrer à son logis. Un homme si réduit qu'en moins de deux heures il avait épuisé le sursis qu'il s'était accordé — partir à l'aventure, changer d'espace, de regard.

Mais à l'angle de sa rue il s'arrêta. Le marché du mercredi finissait, les marchands de quatre saisons démontaient leurs étals. L'un d'eux chargeait ses caisses dans sa camionnette. Parmi tous les cageots vides entassés près du véhicule, il s'en trouvait un rempli d'oranges. Une pyramide d'oranges plantée sur le bord du trottoir. L'image s'engouffra dans les yeux de Gabriel. La pyramide d'oranges s'élevait entre les remparts de la ville, les écartait, les repoussait. Les faisait éclater. La ville d'un coup desserra son étreinte, perdit ses droits. L'enfant dont tout à l'heure il avait admiré la beauté, l'enfant dont la splendeur gisait entre les pages du catalogue abandonné sur une table de bistrot, l'enfant dont le rire s'était tu, étouffé par la voix de Shamhat, l'enfant radieux venait de se précipiter hors de l'oubli, de l'attraper au collet. Et le poussa avec violence.

« S'il vous plaît, je voudrais des oranges », demanda Gabriel au marchand. « Vous voyez bien que je remballe, il fallait vous décider plus tôt, mon p'tit monsieur. — S'il vous plaît, il me faut ces oranges ! — Hé ! Mais j'ai rangé ma balance, et la caisse ! C'est fini, j'vais casser la croûte, moi. Depuis quatre heures ce matin que je suis debout ! Et puis les oranges, vous en trouverez ailleurs, c'est pas ça qui manque dans les épiceries. — S'il vous plaît, ce sont ces oranges-là que je veux. Je prends tout le cageot. » Le marchand jeta un regard intrigué à ce client tardif et bizarrement têtu qui réclamait des oranges d'une voix suppliante. « Le cageot ? Mais c'est qu'il y en a près de vingt kilos ! » lança-t-il pour le décourager. « C'est parfait, c'est parfait ! » s'empressa de répondre Gabriel en sortant son portefeuille. Il tendit trois billets de cent francs au maraîcher. « Mais puisque je vous dis que j'ai rangé ma caisse, j'ai pas la monnaie ! — Gardez la monnaie. Je prends le cageot. Ça va comme ça ? — Ben, ça vous fait cher le kilo, vrai ! Mais puisque vous y tenez tellement, à mes oranges, prenez-les. » Gabriel souleva le lourd cageot, le cala contre son ventre, et rentra chez lui à petits pas précautionneux. Il ne voulait pas perdre un seul des fruits de sa cueillette miraculeuse.

Il déposa le cageot sur le plancher, au milieu de sa chambre. Puis il s'assit par terre, prit une à une les oranges, les fit rouler tout doucement sur le sol. Bientôt le plancher de sa chambre fut encombré d'oranges. Oui, c'était bien un goût d'enfance qui se levait du parquet jonché d'oranges. Le goût de ses Noël d'autrefois. Dans le village où il vivait avec sa grand-mère, le maire et le maître d'école organisaient un réveillon d'après-midi pour les enfants chaque veille de Noël dans la salle des fêtes. La salle était toute décorée, de grandes tables couvertes de nappes blanches entouraient le haut sapin enguirlandé. Et sur les tables s'entassaient des cadeaux emballés de papiers de couleur, des tartes et des gâteaux préparés par les mères, des cruches de jus de fruits et des compotiers remplis d'oranges. « Dans mon enfance, lui avait raconté sa grand-mère, les oranges avaient une grande valeur. On n'en recevait qu'à Noël. On ne la mangeait même pas, celle que l'on recevait. On la posait sur le linteau de la cheminée, comme un bibelot rare. On l'admirait, c'était juste un plaisir des yeux. On la laissait sur la cheminée jusqu'à ce qu'elle pourrisse, qu'elle devienne toute bleue. L'orange tombait en poussière bleue, longtemps après Noël. » Alors un jour il avait fait, à l'occasion de la fête des Mères, un beau dessin pour sa grand-mère. Il avait représenté une cheminée, et dans l'âtre, à la place des bûches, il avait disposé un tas d'oranges. Il avait coloré les oranges en bleu vif, et des petites flammes ovales s'envolaient tout autour comme des papillons. Les flammes étaient orange. Les autres enfants s'étaient moqués de lui, mais sa grand-mère avait mis son dessin sous verre et l'avait accroché au-dessus de la cheminée. « C'est le plus beau cadeau que j'aie jamais reçu », lui avait-elle dit.

Gabriel demeura jusqu'au soir assis sur le plancher de sa chambre, parmi les oranges. Il regardait mourir tout doucement la lumière sur l'écorce des fruits. La couleur orange virait à l'ocre, au rouge sombre, au brun. « L'alchimie se prépare, se disait-il. Au matin, peut-être seront-elles bleues ? » Il se coucha de bonne heure. L'idée d'aller jeter un coup d'œil sur les fenêtres des trois noctambules ne l'effleura même pas. Hublot pouvait bien se balancer au ras du ciel sur sa chaise à bascule, Aaron pouvait battre ses tapis tout son soûl, et la fenêtre bleue luire sans trêve dans la façade éteinte, tout cela ne concernait plus Gabriel. La femme du Nimrod avait tout emporté, tout renversé dans sa fuite, jusqu'à ses lubies de voyeur nocturne. Shamhat, la courtisane du désert. Shamhat, l'amoureuse qui avait perdu sa raison dans les sables. Shamhat, la vieille amante mise au rebut, et qui traînait son cœur mendiant comme un chien à l'affût, dans les bureaux de poste et les bistrots. Shamhat errante entre désert et ville, et qui posait sa douleur inconsolée sur la face des inconnus rencontrés au hasard — comme une buée. Un moment Gabriel l'avait soupçonnée d'être la locataire du premier étage, d'habiter derrière la fenêtre bleue. Qui sait si elle ne passait pas ses nuits à scruter l'écran de la télévision dans l'espoir de voir surgir l'image de celui dont elle cherchait le nom dans les annuaires avec une loupe à manche d'ivoire, dont elle traquait les traces au fil des rues ? L'idée avait même traversé l'esprit de Gabriel que cette femme qui se croyait née au royaume d'Uruk sous le règne du glorieux Gilgamesh vivait peut-être sous la bâche verte tendue là-haut sur le balcon d'Hublot. « Avec une telle femme, se disait-il, on ne sait jamais ; comme avec le désert. »

Les jumelles pendaient à la poignée de la fenêtre dans leur étui de cuir. Elles avaient fini leur office, elles ne serviraient plus. Gabriel dormit en paix cette nuit-là.

À perte de vue

Séquence 19

Gabriel se réveilla tard. Une clarté laiteuse baignait la chambre. Une clarté douce à ses yeux encore embués de sommeil. Il se souleva dans son lit, aperçut les innombrables oranges qui jonchaient le plancher. Les fruits luisaient, leur écorce était lisse, leur rondeur parfaite. Nulle alchimie ne s'était accomplie, les oranges n'avaient pas viré au bleu pendant la nuit, mais un autre changement, plus discret, s'était opéré. La lumière qui filtrait du dehors était différente de celle des autres matins. Un jour nouveau s'annonçait, un jour plus léger, empreint de calme. « Un jour de neige, pensa Gabriel ; seule la neige peut irradier une clarté aussi gracile, seule la neige réfléchit la lumière de la sorte. La neige, et la mer parfois. La neige, et les étangs, les lacs. » Il se leva, s'enveloppa dans sa vieille couverture, et sautilla entre les oranges jusqu'à la fenêtre. La ville était blanche. Une neige encore immaculée recouvrait la terre du chantier. « Quel beau jour ! » s'exclama Gabriel dans l'embrasure de sa fenêtre, et il songea à la cour du Docteur Déodat, au bouleau dont l'ombre mince allait tourner très lentement au fil du jour sur la neige scintillante. « Le gros chat roux ne sortira pas, se dit-il. Il ne faut pas qu'il sorte, afin que les moineaux puissent essaimer les traces fines de leurs pattes sur la neige. Il n'y a pas de plus jolies traces en ce monde que celles, minuscules, des moineaux sur la neige. Nul ne devrait sortir. Ni les chats, ni les hommes. Lorsque tombe la neige il faudrait livrer la ville blanche à la seule fantaisie des oiseaux. Moi, je ne sortirai pas. » Il n'eut pas un regard pour l'immeuble d'en face. La magie de cette façade était désormais révolue. Le visible n'existe plus sitôt qu'on en détourne son regard, qu'on lui retire son attention. Gabriel ne voulait plus disperser son attention au-dehors, égarer son regard au loin. La neige d'ailleurs était tombée, comme pour mieux le dissuader de sortir ; la neige était tombée comme un silence. Il allait laisser son regard se reposer quelques jours à l'intérieur de sa chambre, se reposer dans la contemplation des oranges. Et puis il y avait longtemps qu'il n'avait pas travaillé à ses photographies ; il rentrait d'ordinaire trop fatigué de ses tournées pour Photofête et ne trouvait alors ni le courage ni le goût de se remettre à l'œuvre. Mais il avait à présent devant lui quinze jours libres de toute obligation, quinze beaux jours délestés du poids des horaires. Il se souvint de tous les clichés qu'il avait pris du mur de l'établissement de bains turcs juste avant sa démolition, et décida de les développer.

Il aménagea sa salle de bains en chambre noire, installa sa planche de travail sur la baignoire, y disposa les bacs et les produits et se mit à l'ouvrage. Aussitôt il fut saisi, comme à chaque fois qu'il commençait ses tirages, par les mêmes tourments de doute, d'impatience, de bonheur et d'étonnement. Penché sur ses cuves, il lui semblait perdre tout savoir, toute maîtrise, et se lancer dans une aventure incertaine. Son art devenait délicate alchimie où se transmuait peu à peu le visible qui, d'abord arraché à sa matière et à son lieu, s'arrachait encore à l'obscurité où il s'était tapi pour resurgir dans une lumière seconde et prendre pose entre l'éternité et la durée, le vif et le factice, la présence et l'absence.

Il ressentit soudain un trouble profond lorsqu'il vit apparaître le visage du Docteur Pierre en un progressif affleurement. Le cadre de la face se mit d'abord en place, ainsi que l'œil le plus sombre qui ouvrit son disque noir avec vivacité, puis les détails se dessinèrent. Jamais encore la douceur de ce visage un peu indifférent dans son vague air pensif ne s'était révélée de la sorte ; elle semblait presque palpable. Jamais encore ces yeux pers n'avaient pris un tel regard, un vrai regard de vivant. Mais de vivant qui s'en revient de très loin, qui a frayé avec les morts. Ce visage avait été précipité dans la poussière et dans la boue, il était celui d'un disparu. D'un disparu qui fait retour, non pas parce qu'il a oublié quelque chose en ce monde, mais pour s'assurer que sa trace n'a pas été oubliée sur la terre.

Gabriel s'appliquait à fixer toute son attention sur le travail qu'il accomplissait, ses gestes étaient précis, méticuleux à l'extrême ; il s'efforçait de contenir l'étrange émotion qu'il sentait se lever subrepticement en lui. Une émotion qui d'instant en instant tendait vers l'émoi. Mais cet émoi fut bientôt plus puissant que tout le zèle qu'il déployait. Les traits du Docteur Pierre, son regard rêveur, son impondérable sourire, tout cela refaisait surface comme le sang d'une blessure qui se rouvre soudain.

Et c'était bien d'une blessure qu'il s'agissait. Blessure du temps que Gabriel n'avait pas vu passer, blessure des jours au fil desquels s'était usée lentement sa jeunesse sans crier gare, ni quoi que ce soit d'autre d'ailleurs. Blessure des nuits sans sommeil et d'espoirs sans élans, sans éclat et sans force. Blessure d'un corps rejeté sur la grève de la plus grise solitude, dans les sables amers du désir déchu de ses droits de jouissance. Blessure d'un amour de mer et d'un amour de femme qui tour à tour l'avaient trahi, laissé en déshérence. Blessure d'une mémoire confuse, ensommeillée de nostalgie et de langueur — enamourée d'une enfance devenue fabuleuse à force de distance.

Séquence 20

Tandis qu'il passait l'image dans le bain de rinçage, Gabriel sentit son regard glisser et basculer d'un coup. L'œil sombre du Docteur Pierre venait de s'ouvrir sur une grande allée tout ombragée de marronniers. Mais cette allée n'en finit pas et le perron aux marches arrondies se tient indéfiniment à la même distance, tout là-bas, au bout. Au bout de cet ombrage immobile et humide, bruissant d'insectes. Au bout de ce chemin légèrement empierré d'un cailloutis d'un gris rosâtre jonché de petits bris de lumière. Au bout de ce désir en éternelle instance de devenir bonheur.

Quel âge a donc Gabriel en train de s'avancer ainsi indéfiniment vers le perron — trois ans, sept ans, douze ans, seize ans, vingt ans... ? Tous ces âges se mêlaient comme les branches et les feuillages des marronniers, en une touffeur verdoyante et humeuse. Mais voilà que s'étalent devant lui les branches du cotonéaster aux feuilles rondes et luisantes, constellant le mur arrière de la maison d'un essaim de baies rouges. Gabriel sortit l'image du bain de fixateur et la plongea dans l'eau de rinçage. Il essaie de contourner la maison pour atteindre le perron, mais il s'égare encore ailleurs. L'œil du Docteur Pierre n'en finit pas d'embrouiller les spirales des souvenirs. Gabriel entend très distinctement le grincement de la poulie du puits. Une grêle de graviers tombe sur un visage tremblant au fond du trou. Il n'a pas eu le temps de reconnaître ce visage. Il ne retrouve que l'odeur froide et grise de l'eau et de la pierre. Il examina la photographie qu'il venait de mettre à sécher ; les tons ne le satisfirent pas entièrement, ils manquaient de contraste, de netteté. Il voit une femme assise, de dos. Ses cheveux remontés en chignon dégagent sa nuque. Un petit os rond affleure au ras du col sous la peau blanche, et la lumière y saille comme le fermoir d'un collier de verre. Il ne parvient pas à identifier cette femme enveloppée de pénombre ; la lumière ne luit que sur sa nuque. Peut-être est-ce Agathe ? Il aimait tant l'embrasser dans le cou, juste à la naissance des cheveux. Mais que ferait donc Agathe dans cette maison où elle n'est jamais venue ? La femme se retourne doucement, s'appuyant d'une main sur l'accoudoir du fauteuil. Gabriel distingue maintenant son profil, mais son épaule un peu relevée dissimule son menton et sa bouche. Il la reconnaît cependant, c'est sa grand-mère. Elle est là, assise au cœur de sa maison, laquelle, bien qu'encore impénétrable, commence à se laisser deviner.

Dans le bain révélateur émergea un nouveau portrait du Docteur Pierre et soudain Gabriel retrouva la bouche de sa grand-mère. Ces lèvres fines, cette pointe indéfinie de sourire toujours un peu retenu, inachevé — c'étaient les mêmes que celles du Docteur Pierre. Il s'étonna de n'avoir jamais remarqué cette ressemblance. Il continua à développer ses photos dans le trouble de cette révélation, s'attachant à dépister à chaque tirage de nouveaux signes de ressemblance.

Il tira ainsi une vingtaine de portraits du Docteur Pierre. Cette série retraçait toute l'évolution de la démolition du mur. La répétition du portrait transformait ce visage en refrain visuel, mais à chaque reprise un mot, une note avait disparu. Ce refrain ne cessait de s'appauvrir, de s'user, de se réduire — et de s'intensifier. Gabriel laissait glisser son regard d'image en image, et réaffleurer au bord du visible le visage de sa grand-mère. Mais ce visage ne se fixait sur aucun des clichés suspendus le long du fil à linge ; il semblait résulter de l'ensemble, flotter comme une brume autour des images, hésiter au bord de chacune. Par cette surimpression tremblée de visages, la série de portraits se faisait déchirure d'un suaire s'ouvrant sur la disparition de la face dont il avait pris trace.

Gabriel restait là, debout devant ses photos, devant son enfance confuse, devant le visage de sa grand-mère qui ne cessait d'osciller entre une disparition toujours inachevée mais incessamment à l'œuvre, et l'absolu de l'absence. Il restait là, retenu par une force aussi douce que douloureuse, le cœur tourmenté par une curiosité où il se sentait glisser en surimposant des souvenirs précis, mais sa mémoire lui échappait. Il ne parvint même pas à atteindre le perron de la maison de sa grand-mère. La seule image qui lui revînt fut celle de l'étang que l'on apercevait depuis la fenêtre du premier étage, en contrebas d'un petit bois de bouleaux, sur le flanc est de la maison. Au-delà s'étendait un pré à l'abandon, et puis s'ouvrait l'obscurité d'une rouvraie. Des nénuphars aux tons fanés croupissaient par grappes au milieu de l'étang ; des canards à col vert tournaient autour de ces parterres, flottant dans des poses figées comme s'ils étaient des jouets de bois. Leurs petits cris nasards syncopaient drôlement le silence. Gabriel rangea son matériel et sortit enfin de la salle de bains.

Il alla prendre l'air un moment à sa fenêtre. Le ciel était blanc, les toits étaient blancs, le soleil était blanc. Il se sentit gagné par l'inanité de toute cette blancheur qui se répercutait sur les murs de son logement fraîchement repeint. Et jusqu'au-dedans de son corps, jusque sous ses paupières. Il pensa à Shamhat ; était-elle encore en train de feuilleter les pages des annuaires à la poste, ou bien racontait-elle sa légende à quelque nouvel inconnu dans un café du quartier ? Ou peut-être, les jours de neige, s'en allait-elle par les rues, les yeux baissés vers le sol, en quête des traces de pas d'Enkidu. Lui, Gabriel, il ne cherchait aucune trace, il les fuyait même. Du jour où Agathe l'avait repoussé, jamais il n'avait tenté de la revoir, il ne l'avait jamais pistée. De même, après la mort de sa grand-mère, il n'était pas retourné à Valombreuse, le village de son enfance ; il n'avait pas voulu revoir la maison. La maison vide. Son père l'avait vendue, et c'était mieux ainsi. Il avait toujours fui les traces, rejeté les reliques du passé. Mais les traces ne cessaient de réaffleurer à l'improviste, en transparence de toutes choses, au détour des plus anodins des instants. Orphée était descendu aux enfers, il avait marché dans les ténèbres de la mort pour aller rechercher Euridyce ; il n'avait cessé de chanter pour elle. Il avait transformé le monde en chant, toute la nature bruissait de ses larmes, le vent portait partout ses mélodies, jusqu'aux oreilles des dieux qui avaient pris sa douleur en pitié. Lui, Gabriel, il s'était tu, ne s'était pas retourné. Mais l'ombre d'Agathe marchait à ses côtés, jour et nuit ; Agathe même le précédait déjà, elle accélérait le pas, et elle tournait autour de lui. Elle l'encerclait. Et il se demanda lequel des deux, de Shamhat et de lui, avait raison — celle qui traquait le passé, les traces, et qui ainsi courait sans trêve au-devant de sa propre douleur, ou bien celui qui fuyait le passé, voulait ignorer toutes les traces, et qui en fait laissait sa douleur venir à grands pas à sa rencontre ? Ni l'un ni l'autre ; la douleur bat en brèche toutes les ruses, elle se fraye un chemin dans les cœurs qu'elle a un jour saisis, quels que soient les obstacles et les détours que l'on cherche à dresser contre elle.

Séquence 21

Lorsque le jour commença à décliner, Gabriel alluma la lumière. Il remarqua sur l'un de ses murs un long clou qu'il n'avait pas réussi à arracher lors de ses travaux de peinture ; le clou était resté fiché là, inutile. Il jetait sur le mur un mince trait d'ombre. Ce fin rai gris tiré en diagonale absorba tout le vide de son attention ; il lui sembla d'un coup que le rapport ombre-lumière venait de s'inverser et que c'était l'obscurité qui créait la lumière, l'ordonnait, la délimitait. La lumière n'était que le fruit mûri dans les replis de l'ombre par le silence et l'oubli. Un fruit léger et blanc, au goût d'eau et de sable.

Il s'amusa à projeter d'autres ombres avec ses mains, puis avec tout son corps qu'il faisait gesticuler comme un mime. Cette ombre folle qui se mouvait vivement à fleur de mur finit par lui paraître douée d'une vie autre que la sienne, et tellement plus légère, plus enjouée et plus leste. Il ne put s'empêcher de penser que cette ombre, elle, saurait atteindre le perron de la maison de son enfance, en gravir les marches, se faufiler à l'intérieur, et pénétrer dans les chambres, le salon, la resserre, le grenier même. Mais sa mémoire lui échappa à nouveau et repartit errer du côté de l'étang. Des hérons argentés venaient parfois par couple pêcher dans l'eau dormante. Enfant, ces longs oiseaux frêles et silencieux le fascinaient. Un jour il avait demandé à sa grand-mère pourquoi les humains n'avaient pas eux aussi un grand bec. Elle avait répondu que les homme avaient une bouche, avec des lèvres douces, pour pouvoir s'embrasser, et sourire aussi.

Les bouches. Gabriel, adossé contre le mur, se mit à songer aux bouches, à leur métamorphose sous la douceur affolée des baisers, et il sentit s'ouvrir en lui cet étonnement infini où le désir se glisse, s'immisce et se déploie. La bouche, immense cavité emplie d'ombres en feu, d'humides rousseurs et de soleils fondus. La bouche, avec son goût de glaise fraîche. Et chaque baiser vient y creuser une marche nouvelle, qui descend dans les pénombres du corps comme un escalier s'enfonçant dans la mer. Et à chaque baiser la chair devenue terre se retrouve pétrie de l'intérieur. Glaise tendre et malléable, glaise nue et lumineuse. Glaise où toujours se relève la torpeur qui ensommeilla l'homme au premier jour de sa venue au monde et au sortir de laquelle il se retrouva autre, se réveilla auprès d'un autre.

Gabriel descendait maintenant les degrés sans fin d'un escalier de glaise rougeoyante qui le conduisait à l'intérieur du corps, mais il ne savait pas quel était le nom, le visage, de ce corps au fond duquel il descendait ainsi. Était-ce le sien, ou bien celui d'Agathe ? Le sien blotti contre celui d'Agathe, le sien enfoui dans celui d'Agathe... Le sien rejeté par celui d'Agathe.

Et soudain il se sentit perdu dans le vide de ce corps sans visage et sans nom, sans passé et sans voix, roué de nuit et de silence, et la glaise s'amollit, devint boue, et il s'enlisait dans de la vase. Il se redressa contre le mur. Sa bouche avait un goût amer, presque aigre — celui des baisers morts, des mots perdus, des sourires disparus, des noms volés, des souffles tus. Et ceux-là aussi creusaient leurs marches, à pic dans les ténèbres du corps, à vif dans la chair, à cru dans le cœur mis à nu, mis à sac et réduit à néant. Et une fois encore, mais avec une implacable netteté, s'imposa à lui l'image de l'étang.

Les troncs très lisses et gris, presque blancs, des bouleaux immobiles dans la demi-brume.

Les nénuphars aux fleurs exsangues flottant sur l'eau d'un vert si glauque que la lumière n'y pénétrait jamais, ne s'y réverbérait pas. À l'inverse des miroirs ou des eaux vives qui accueillent tout reflet et n'en retiennent aucun, cette eau morte n'accueillait rien, mais retenait mystérieusement tout, jusqu'à l'étouffement.

Les canards clabaudeurs interrompant soudain leur ronde lente pour s'ébrouer dans l'eau. Le pré en friche bordé de ronces et d'orties blanches. Des coquelicots y fleurissaient toujours à la fin du printemps. Et le grand pan d'ombre rubescente dressé à l'orée de la rouvraie comme un rideau de scène retombé sur la dernière clameur d'un chant choral. C'était là, dans les hauteurs de cette ombre, que les hérons établissaient leurs nids. Mais lui, Gabriel, c'était dans les replis humides et les profondeurs muettes de cette ombre qu'il avait pris séjour. Non pas lui, mais sa mémoire rétive.

Il ne savait pourquoi sa pensée s'obstinait ainsi à hanter les alentours de l'étang, pourquoi son enfance se tenait si farouchement recluse dans l'étau de cette unique image.

Il reprit son jeu d'ombres chinoises ; il projeta son profil sur le mur en le munissant d'un bec à l'aide de ses mains. Et la question de son enfance devint regret. Que n'avait-il un long bec de corne claire qui transperse l'air et l'eau, et qui ignore le chagrin des baisers et la lancinante douleur des sourires disparus ! Un bec indifférent, absous de tout langage et même de murmures, qui ne connaît que la raideur et l'âpreté des cris.

Séquence 22

Il se lassa de son jeu d'ombres et retourna dans sa salle de bains, réinstalla son matériel. Cette ressemblance qu'il avait cru saisir entre le sourire du Docteur Pierre et celui de sa grand-mère le tourmentait. Il pressentait là un mystère qu'il lui fallait percer. Puisque les traces, de toute façon, venaient d'elles-mêmes à sa rencontre, pourquoi ne pas les provoquer, aller vers elles en toute conscience ? Au moins ne l'assailleraient-elles plus à l'improviste, il serait préparé, sur ses gardes. Il décida de suivre l'exemple de Shamhat, de se lancer au-devant des traces du passé. Alors il recommença de nouveaux tirages, puis accomplit des agrandissements de détails, effectua des retouches, s'ingénia même à la fin à glisser des trucages. Mais le sourire n'avouait rien ; il ne cessait même de se déréaliser, de s'affadir jusqu'à l'écœurement, de flotter à vide. Le visage du Docteur Pierre ainsi retouché régressait à l'état de masque, son sourire remanié se distordait jusqu'au rictus.

Cependant, à force de pousser l'image dans ses ultimes retranchements d'indifférence et de neutralité, de l'acculer à l'aveu d'une impossible ressemblance, Gabriel finit par la faire basculer. Seulement l'image ne bascula pas dans le sens escompté. Le sourire ne s'éclaira nullement de la douceur tant désirée, de cette tendresse qui avait apaisé toutes ses peurs d'enfant. Mais c'est l'œil qui d'un coup imposa son édit. Un édit de mépris, un décret de répudiation. Ceux-là mêmes qu'Agathe lui avait autrefois assenés. Le Docteur Pierre venait de lui lancer le regard agacé et hautain qu'avait posé sur lui Agathe lorsqu'elle avait perdu la fantaisie de l'aimer.

Gabriel accusa le coup bizarrement. Il inspecta sous tous ses angles l'agrandissement qu'il venait de développer, cligna plusieurs fois des yeux sous l'effet de cette surprise trop brutale, puis rangea avec application son matériel, remit à nouveau en ordre sa salle de bains, après quoi il sortit. La nuit était tout à fait tombée. La neige paraissait presque bleue dans la lumière des réverbères. Comme il longeait le chantier, l'envie le prit d'y pénétrer. Plusieurs fois il avait aperçu, pendant ses nuits de veille à sa fenêtre, des silhouettes qui se glissaient entre les lattes déclouées de la palissade pour aller fureter dans le chantier. Ces intrus venaient voler un peu de bois à brûler parmi les tas de planches et de poutrelles empilées sous des bâches. Il se faufila sans difficulté dans l'ouverture forcée par les chapardeurs de bois, et s'amusa à fouiner parmi le bric-à-brac d'outils, de machines et d'engins qui traînaient un peu partout. Il se trouvait enfin dans les coulisses de ce théâtre interdit au public, et découvrait avec curiosité l'envers du décor où s'était jouée la mise à mort du Docteur Pierre. Mais cet envers n'était qu'une lourde machinerie : bétonnières, pelleteuses, chouleurs, bulldozers. Ce lieu n'était en vérité même pas un envers, car jamais il n'y avait eu d'endroit ; la scène et les coulisses, les personnages et les acteurs, tout cela n'avait fait qu'un. Il n'y avait même pas eu de texte ; c'était un opéra muet qui s'était déroulé. Le héros de ce drame sans histoire et sans voix, le Docteur Pierre, s'était tout juste contenté de paraître à fleur du visible, de prendre pose au ras d'un mur pendant un nombre indéfini d'années. Le texte venait après coup, par bribes, en confus chuchotis. Il avait fallu que le masque de scène fût arraché, qu'il tombât dans la boue, se brisât, pour qu'un peu de texte se mît à bruire. Un texte improvisé au petit bonheur, au hasard de sursauts de lointains hiers, de fragments de contes, d'images entr'aperçues, de passants rencontrés. Shamhat y avait greffé sa légende.

Gabriel arpentait le chantier, la neige crissait doucement sous ses pas. Il ramassa un peu de neige, en fit une boule, la lança contre la palissade. Le froid pénétrait de plus en plus son corps, mais il ne se décidait pas à rentrer chez lui. Il lui plaisait de déambuler ainsi, de se trouver dans une zone franche au cœur de la ville. Son esprit vaquait, aucune idée ne s'y posait, nulle pensée ne s'y formait. Son esprit était à l'unisson du vide et du calme régnant dans cette zone.

Un bruit ranima soudain son attention. Le bruit d'une fenêtre qui s'ouvre brusquement. Il tourna la tête ; c'était la fenêtre d'Aaron qui venait de s'ouvrir. Un pan de tissu gris imprimé de fleurs roses et pourpres pendait déjà le long du mur. Gabriel regarda l'heure à sa montre ; il s'étonna qu'il fût si tard, minuit était passé. Il errait donc depuis près de deux heures dans le chantier. Le froid avait si bien engourdi son corps qu'il avait endormi jusqu'à sa conscience et lui avait fait perdre le sens du temps. Un sentiment de panique se saisit de lui ; il eut subitement peur de ne plus pouvoir ressortir, d'être prisonnier de cet enclos. Il se mit à courir vers la palissade. Comme il ne retrouvait pas la brèche par laquelle il était entré, il força une autre latte et se faufila vite au-dehors. Dès qu'il fut sur le trottoir, il recouvra ses esprits et eut honte de cette peur absurde qu'il venait d'éprouver. Mais alors, comme pour mieux rehausser cette honte, mieux dénoncer sa lâcheté, sa dérision, il pensa à l'enfant du désert. Il lui sembla entendre son rire, un grand éclat de rire plein d'insolence. Il voyait ce rire étinceler sur la neige, il l'entendait claquer dans le vent.

Le rire marchait dans la rue, le rire sautait sur le trottoir comme un gamin à la marelle. Le rire était sorti de l'image, il était monté du désert, pour venir se moquer de lui. « Nous autres, les gens d'Europe, les Blancs des villes », avait dit Shamhat. Le beau rire de l'enfant du désert, le rire de l'enfance, de l'immensité, de la joie, se moquait de lui. Comme s'était moquée de lui Agathe. Shamhat entendait-elle rire ainsi Enkidu au fil des rues ? Le rire sifflait à ses oreilles, brûlait ses yeux ; le rire le raillait avec un cruel enjouement. Le rire se moquait de son cœur trop désuet d'homme de la vieille Europe, de sa mémoire malade de Blanc perclus de solitude entre les pierres froides de la ville. Alors, pour ne plus entendre ce rire, il se mit à chanter. Il chantait en balançant la tête et en frappant dans ses mains. Il chantait pour ne pas pleurer, pour ne pas aggraver sa honte par des larmes dérisoires. Au début de la séparation d'avec Agathe, il lui était arrivé souvent de chanter de la sorte. De chanter à tue-tête en frappant dans ses mains pour mieux incanter l'oubli.

Séquence 23

Il sembla à Gabriel que l'odeur du chantier flottait jusque dans les recoins de son logement. Une odeur de terre humide, de rouille, de racines et de froid. Cette odeur lui collait à la peau. Il se fit couler un bain brûlant malgré l'heure tardive et s'y attarda longuement. Mais l'odeur du chantier persistait encore, il la flaira dans ses draps. Une odeur de neige souillée, de boue, de bois pourri. Alors il eut l'idée de ramasser plein d'oranges sur le plancher ; il fendit l'écorce de chacune avec un canif afin que le parfum du fruit s'en exhale, puis disposa les oranges à demi écorcées tout autour de son oreiller. Il s'endormit dans cette senteur d'oranges. Des rêves confus agitèrent bientôt son sommeil :

— La rouvraie de Valombreuse s'étend devant lui. Contre l'un des chênes plantés en lisière est dressée une haute échelle ; un petit homme est perché au sommet de l'échelle. Il tient une curieuse fiole en terre cuite dans une main et verse avec application l'huile qu'elle contient sur le faîte de l'arbre. « Que faites-vous ? » lui demande Gabriel. « J'allume la Menorah », répond l'autre sans s'arrêter. Puis le bonhomme sort de sa poche des allumettes et les jette à la volée par-dessus les chênes. En s'envolant elles prennent feu. « Vous êtes fou, s'exclame Gabriel, vous allez incendier la rouvraie ! — Pas du tout, pas du tout, dit l'homme d'un ton placide, je vais juste l'éclairer. » Tous les arbres s'enflamment et bientôt se tordent dans le feu.

— Gabriel court vers l'étang, mais sur l'eau les nénuphars brûlent aussi. Les canards s'envolent en tous sens, leurs ailes sont en feu. Il y a des milliers de canards. « Arrêtez, arrêtez ! crie Gabriel. Vous allez incendier le ciel ! » — Pas du tout, répond l'homme qui approche, toujours juché au sommet de son échelle comme sur des échasses ; j'allume le crépuscule. »

— Gabriel court vers le petit bois de bouleaux. Une épaisse couche de neige recouvre le sol. La neige est constellée de fines traces de pattes d'oiseaux. Gabriel suit la piste sinueuse dessinée par ces traces. Il finit par apercevoir la silhouette d'un drôle d'animal ; il s'approche de l'étrange animal. Il s'agit en fait d'un être moitié bête, moitié femme. Il reconnaît Shamhat en manteau de fourrure ; ses jambes sont des pattes de héron. Elle tient une orange bleuie à la main, à hauteur de ses yeux. « Que faites-vous ? » lui demande Gabriel. « Je cherche les traces d'Enkidu, répond la femme-héron à voix basse. Surtout ne faites pas de bruit, vous pourriez effrayer ses traces. »

— Gabriel court vers la maison de Valombreuse, mais la maison recule au rythme de sa course, et jamais il ne parvient à l'atteindre, pas même à s'en approcher. La maison glisse et tourne, et d'entre ses murs retentit un grand rire. Un rire étincelant qui éblouit les vitres de la maison. Les vitres éclatent, le sol est jonché de bris de verre.

— Gabriel court, nus pieds, dans un désert de bris de verre. Ses pieds saignent, mais le sang qui en coule est transparent et salé comme des larmes.

Lorsque Gabriel se réveilla, il faisait grand jour. Les travaux battaient leur plein dans le chantier. On creusait. Jusqu'où allait-on ainsi creuser ? On creusait jusqu'au-dedans du corps de Gabriel. On arrachait sa chair, on jetait de la terre dans sa poitrine. Il transpirait, en proie à une fièvre violente. Il étouffait. Les oranges écorchées avaient bruni, leur jus avait taché l'oreiller et le drap. Il avait soif ; il avait la gorge sèche, la bouche toute poisseuse. Mais il ne trouvait pas la force de se lever. « Il ne faut pas que je bouge, se dit-il ; si je bouge, leurs machines vont m'écraser. » Il tenta juste de redresser un peu son buste tant il éprouvait une sensation d'étouffement ainsi couché. Mais il ne réussit qu'à faire rouler les oranges sous le drap.

Les heures passaient, tantôt comme des secondes, tantôt comme des années. L'espace autour de lui ne cessait de se transformer. Les murs se rapprochaient. Gabriel regardait les murs et le plafond de sa chambre avec effroi. Allait-il être emmuré vivant ? Il voulut appeler à l'aide, mais il ne parvint qu'à porter à l'aigu les sifflements qui chuintaient de sa poitrine. « Je ne dois pas crier, se dit-il ; si je crie, tout le monde va rire. »

Le jour commença à décroître, l'ombre s'épaississait dans la chambre. Cette montée de l'ombre angoissait Gabriel. « Dès que la nuit tombera tout à fait, pensa-t-il pour se rassurer, Aaron allumera son candélabre. Alors j'irai boire. » La soif ne lui brûlait plus seulement la bouche à présent, mais tout le corps. Des taches lumineuses dansaient sous ses paupières. Il lui sembla soudain que son cœur avait changé de place. Son cœur avait roulé hors de son corps, et s'était démultiplié. Il battait sous l'écorce de chacune des oranges ; il battait à nu dans les oranges écorchées. « Tous ces cœurs, tous ces cœurs, se dit Gabriel, affolé ; que vais-je faire de tant de cœurs ? Jamais je n'aurai assez de place pour les ranger tous ! »

Les oranges bourdonnaient sourdement dans la chambre, sur le plancher et jusque dans son lit. Un bourdonnement à deux temps. Un bourdonnement qui scandait le nom d'Agathe. « Agathe..., murmura-t-il, elle va venir, elle vient... » Déjà il ne pouvait plus maintenir ses yeux ouverts. Ses paupières ne cessaient de glisser dans un doux et chaud froissement. Des oranges lumineuses roulaient sous ses paupières. « Je le savais, se dit-il, je savais bien qu'Hublot cachait un oranger sous la bâche verte. Il a ouvert la bâche, ce soir. Je vois tout, je vois tout, et mieux encore qu'avec les jumelles. L'oranger est mûr, il secoue ses branches alourdies de fruits. Et voilà, voilà que le tronc de l'oranger se met en mouvement. Il marche comme Agathe... Agathe enjambe le balcon, elle saute dans la nuit, elle vient à ma rencontre... »

Arrêt sur image

Le ciel commença à rosir, à peine. Mais Gabriel ne le vit pas, il ne pouvait plus du tout ouvrir les yeux. Agathe aussi tenait les yeux fermés. Elle reposait auprès de lui, paisible. Il étendit un bras vers elle, pour la toucher, la caresser. Sa main tomba dans le vide, y resta en suspens. Ce vide était doux, doux comme la peau d'Agathe. C'est qu'il fallait avoir la peau très douce, et un corps plus léger que l'air, pour pouvoir nager dans la nuit ainsi qu'elle l'avait fait.

Les bouleaux se balançaient imperceptiblement dans une clarté d'arrière-saison. Leurs feuilles se détachaient et glissaient dans la brise. Elles allaient se poser sur l'étang comme des écailles de nacre, éclairant l'eau dormante d'une lueur laiteuse. La lisière de la rouvraie s'ouvrit tel un rideau de scène. L'ombre y était délicieusement fraîche et odorante. Une ombre pourpre. Gabriel marcha longtemps dans la senteur de ce sous-bois. Il approcha d'une clairière où tremblotait une lumière couleur de paille. En fait, c'était plutôt la lumière qui s'avançait vers lui. Elle flottait entre les arbres évanescents comme un sourire plein de tendresse. « Voilà pourquoi les hommes ont une bouche, lui murmura sa grand-mère transfigurée en sourire, c'est afin de pouvoir s'embrasser, et sourire. Sourire jusqu'à l'illumination, l'incandescence du cœur, la joie... »

L'image se vidait, les formes disparaissaient. Seule demeurait la lumière couleur de paille. Gabriel ne marchait plus, il ondoyait dans la lumière. Gabriel glissait dans la lumière couleur de paille comme un ondin entre les eaux d'un fleuve. Le fleuve coulait vers son embouchure. Mais il n'allait se jeter ni dans la mer ni dans un lac. Il allait se jeter dans le ciel, bien au-delà des limites du jour et de la nuit. Son embouchure était de lumière pure.

« Sourire... », répéta Gabriel dans un souffle. Les oranges tout autour de lui, dans le lit et sur le plancher, cessèrent de bourdonner. Les cœurs d'oranges se turent. Le monde entier des choses et des êtres se retira loin de ces paupières d'écorce.

Table

DU MÊME AUTEUR

Aux Éditions Gallimard

LE LIVRE DES NUITS.

NUIT-D'AMBRE.

JOURS DE COLÈRE.

L'ENFANT MÉDUSE.

COLLECTION FOLIO

Dernières parutions :

2135. Sempé — *De bon matin.*
2136. Marguerite Duras — *Le square.*
2138. Raymond Carver — *Les trois roses jaunes.*
2139. Marcel Proust — *Albertine disparue.*
2140. Henri Bosco — *Tante Martine.*
2141. David Goodis — *Les pieds dans les nuages.*
2142. Louis Calaferte — *Septentrion.*
2143. Pierre Assouline — *Albert Londres.*
2144. Jacques Perry — *Alcool vert.*
2145. Groucho Marx — *Correspondance.*
2146. Cavanna — *Le saviez-vous? (Le petit Cavanna illustré).*
2147. Louis Guilloux — *Coco perdu (Essai de voix).*
2148. J.M. G. Le Clézio — *La ronde (et autres faits divers).*
2149. Jean Tardieu — *La comédie de la comédie* suivi de *La comédie des arts* et de *Poèmes à jouer.*
2150. Claude Roy — *L'ami lointain.*
2151. William Irish — *J'ai vu rouge.*
2152. David Saul — *Paradis Blues.*
2153. Guy de Maupassant — *Le rosier de Madame Husson.*
2154. Guilleragues — *Lettres portugaises.*
2155. Eugène Dabit — *L'Hôtel du Nord.*
2156. François Jacob — *La statue intérieure.*
2157. Michel Déon — *Je ne veux jamais l'oublier.*
2158. Remo Forlani — *Tous les chats ne sont pas en peluche.*
2159. Paula Jacques — *L'héritage de tante Carlotta.*

2161. Marguerite Yourcenar — *Quoi? L'Éternité (Le labyrinthe du monde, III).*
2162. Claudio Magris — *Danube.*
2163. Richard Matheson — *Les seins de glace.*
2164. Emilio Tadini — *La longue nuit.*
2165. Saint-Simon — *Mémoires.*
2166. François Blanchot — *Le chevalier sur le fleuve.*
2167. Didier Daeninckx — *La mort n'oublie personne.*
2168. Florence Delay — *Riche et légère.*
2169. Philippe Labro — *Un été dans l'Ouest.*
2170. Pascal Lainé — *Les petites égarées.*
2171. Eugène Nicole — *L'Œuvre des mers.*
2172. Maurice Rheims — *Les greniers de Sienne.*
2173. Herta Müller — *L'Homme est un grand faisan sur terre.*
2174. Henry Fielding — *Histoire de Tom Jones, enfant trouvé,* I.
2175. Henry Fielding — *Histoire de Tom Jones, enfant trouvé,* II.
2176. Jim Thompson — *Cent mètres de silence.*
2177. John Le Carré — *Chandelles noires.*
2178. John Le Carré — *L'appel du mort.*
2179. J. G. Ballard — *Empire du Soleil.*
2180. Boileau-Narcejac — *Le contrat*
2181. Christiane Baroche — *L'hiver de beauté*
2182. René Depestre — *Hadriana dans tous mes rêves*
2183. Pierrette Fleutiaux — *Métamorphoses de la reine*
2184. William Faulkner — *L'invaincu*
2185. Alexandre Jardin — *Le Zèbre*
2186. Pascal Lainé — *Monsieur, vous oubliez votre cadavre*
2187. Malcolm Lowry — *En route vers l'île de Gabriola*
2188. Aldo Palazzeshi — *Les sœurs Materassi*
2189. Walter S. Tevis — *L'arnaqueur*
2190. Pierre Louÿs — *La Femme et le Pantin*
2191. Kafka — *Un artiste de la faim* et autres récits (Tous les textes parus du vivant de Kafka II)
2192. Jacques Almira — *Le voyage à Naucratis*
2193. René Fallet — *Un idiot à Paris*

2194.	Ismaïl Kadaré	*Le pont aux trois arches*
2195.	Philippe le Guillou	*Le dieu noir (Chronique romanesque du pontificat de Miltiade II pape du XIXe siècle)*
2196.	Michel Mohrt	*La maison du père* suivi de *Vers l'Ouest (Souvenirs de jeunesse)*
2197.	Georges Perec	*Un homme qui dort*
2198.	Guy Rachet	*Le roi David*
2199.	Don Tracy	*Neiges d'antan*
2200.	Sempé	*Monsieur Lambert*
2201.	Philippe Sollers	*Les Folies Françaises*
2202.	Maurice Barrès	*Un jardin sur l'Oronte*
2203.	Marcel Proust	*Le Temps retrouvé*
2204.	Joseph Bialot	*Le salon du prêt-à-saigner*
2205.	Daniel Boulanger	*L'enfant de bohème*
2206.	Noëlle Châtelet	*A contre-sens*
2207.	Witold Gombrowicz	*Trans-Atlantique*
2208.	Witold Gombrowicz	*Bakakaï*
2209.	Eugène Ionesco	*Victimes du devoir*
2210.	Pierre Magnan	*Le tombeau d'Hélios*
2211.	Pascal Quignard	*Carus*
2212.	Gilbert Sinoué	*Avicenne (ou La route d'Ispahan)*
2213.	Henri Vincenot	*Le Livre de raison de Glaude Bourguignon*
2214.	Emile Zola	*La Conquête de Plassans*
2216.	Térence	*Théâtre complet*
2217.	Vladimir Nabokov	*La défense Loujine*
2218.	Sylvia Townsend Warner	*Laura Willowes*
2219.	Karen Blixen	*Les voies de la vengeance*
2220.	Alain Bosquet	*Lettre à mon père qui aurait eu cent ans*
2221.	Gisèle Halimi	*Le lait de l'oranger*
2222.	Jean Giono	*La chasse au bonheur*
2223.	Pierre Magnan	*Le commissaire dans la truffière*
2224.	A.D.G.	*La nuit des grands chiens malades*
2226.	Albert Camus	*Lettres à un ami allemand*
2227.	Ann Quin	*Berg*
2228.	Claude Gutman	*La folle rumeur de Smyrne*
2229.	Roger Vrigny	*Le bonhomme d'ampère*

2230. Marguerite Yourcenar — *Anna, soror...*
2231. Yukio Mishima — *Chevaux échappés (La mer de la fertilité, II)*
2232. Jorge Amado — *Les chemins de la faim*
2233. Boileau-Narcejac — *J'ai été un fantôme*
2234. Dashiell Hammett — *La clé de verre*
2235. André Gide — *Corydon*
2236. Frédéric H. Fajardie — *Une charrette pleine d'étoiles*
2237. Isamaïl Kadaré — *Le dossier H.*
2238. Ingmar Bergman — *Laterna magica*
2239. Gérard Delteil — *N'oubliez pas l'artiste!*
2240. John Updike — *Les sorcières d'Eastwick*
2241. Catherine Hermary-Vieille — *Le Jardin des Henderson*
2242. Junichirô Tanizaki — *Un amour insensé*
2243. Catherine Rihoit — *Retour à Cythère*
2244. Michel Chaillou — *Jonathamour*
2245. Pierrette Fleutiaux — *Histoire de la chauve-souris*
2246. Jean de La Fontaine — *Fables*
2247. Pierrette Fleutiaux — *Histoire du tableau*

Impression Brodard et Taupin,
à La Flèche (Sarthe),
le 13 mars 1991.
Dépôt légal : mars 1991.
Numéro d'imprimeur : 6918D-5.
ISBN 2-07-038362-8 / Imprimé en France.

51893